**Museu de Arte Efêmera**

LARANJA ● ORIGINAL

# Museu de Arte Efêmera: Tríptico

1ª Edição, 2023 · São Paulo

# Eduardo A. A. Almeida

*Para a infância.*

# Sumário

9    Luminescências
47   Eterno retorno
83   Museu de Arte Efêmera de Lethe

131   Agradecimentos

# Lumines-
# cências

Cinco anos
calamos
aquela noite.
Sumiu você primeiro,
depois sumi eu.
Em você foi bom
o silêncio, e em mim
me apertou
a garganta. E uma
após a outra morreram
as palavras, e ficamos
como uma casa
em que lentamente se apagam
todas as luzes,
até que se fez
a escuridão da mudez.

DAVID GROSSMAN, *Fora do tempo*

**MONITOR A**
*Câmera de vigilância 6*

Gothan City. Avenida Liberdade. 19h37.
Pedestres caminham pelas calçadas da frente e do fundo do vídeo.
Também a rua é movimentada, com veículos em alta velocidade transitando nos dois sentidos. Buzinas, motores, sirenes.
Uma mulher nua.
Ela aparece correndo no fundo do quadro, pela esquerda.
Traz consigo uma pequena bolsa preta agarrada ao corpo.
Olha para ambos os lados e avança para a rua quando não há carros se aproximando. Tem pressa. Mas algo a faz parar no meio do caminho.
Permanece ali, imóvel. Nua.
Pouco a pouco, as pessoas diminuem o passo. Os veículos também seguem cada vez mais lentos.
Um facho de luz se aproxima, deixando a mulher mais explícita no vídeo. Cada vez mais perto. Mais devagar. Devagar.
Os sons da rua agora parecem o rugir de um monstro.

O vídeo retoma a velocidade normal.
A bolsa preta alça voo como um morcego.

**MONITOR B**
*Câmera de vigilância 2*

Restaurante.
Um homem com paletó preto está sozinho em uma mesa, mais à direita do vídeo. Ele folheia um cardápio.
O garçom aguarda a seu lado, com o bloco de pedidos a postos.
— Um contrafilé com fritas, por favor.
Ele fecha o cardápio com rigidez para enfatizar sua decisão.
— Sinto muito, senhor. Já não temos contrafilé.
O cliente reabre e percorre o cardápio novamente, pensativo. Enfim, se decide. Mas agora reaproxima as páginas com maior lentidão.
— Tudo bem. Então, um espaguete à carbonara.
— Sinto muito, senhor. Já não temos espaguete.
O homem afrouxa de leve a gravata preta. Revê o cardápio, decidindo-se cada vez mais rápido.
— Bom, então me traga uma pizza de muçarela.
— Sinto muito, já não temos muçarela.
— Peixe assado com cebolas.
— Não temos.
— Salada de agrião e queijo brie.
— Tampouco.
— Macarrão instantâneo.
— Não.
— Uma bola de sorvete de baunilha.
— Sinto muito, senhor.
— Então, me traga apenas um copo de leite.
O garçom abre um sorriso e anota o pedido.
— Excelente escolha, senhor. Mas deixe eu lhe avisar que o copo de leite leva entre quarenta e cinquenta minutos para fi-

car pronto. O senhor gostaria de pedir uma entrada enquanto aguarda?

— Não, obrigado.

— Pois não, senhor.

O garçom recolhe o prato e os talheres do acompanhante, que não virá. Antes de deixar o quadro, faz uma reverência, dizendo:

— Às ordens.

**MONITOR A**
*Câmera de vigilância 5*

Vagão de metrô.
Uma mulher nua está de pé, apoiada numa das barras de metal que vêm do teto. Tem consigo apenas uma pequena bolsa preta. Como um manequim, não se mexe nem esboça qualquer expressão.
Um homem de paletó preto, sentado a poucos metros de distância, olha fixamente para ela.
A voz gravada faz os anúncios de sempre.
*Ao desembarcar, cuidado com o vão entre o trem e a plataforma. Próxima estação: Luz. Desembarque pelo lado direito do trem.*
Entre eles, ouvimos uma melodia vagarosa. Cello.
Alguns homens entram. Não há assentos vagos. A mulher nua permanece do mesmo jeito. O homem de paletó ainda olha para ela.
*Segure firme, evite acidentes. Próxima estação: Paraíso.*
Mais alguns homens embarcam. Eles se distribuem ao redor da mulher. O espaço vazio diminui.
*Não deixe que o volume sonoro do seu aparelho incomode os outros usuários. Use fones de ouvido. Próxima estação: Clínicas. Desembarque pelo lado direito do trem.*
Ninguém desce. Mais passageiros sobem. O homem sentado tem bastante dificuldade para continuar encarando a mulher nua.
*Ao subir ou descer as escadas rolantes, deixe a esquerda livre. Próxima estação: Consolação. Desembarque pelo lado direito do trem.*
A pele exposta é engolida pelos panos ao redor.
*Não fique na região das portas. Facilite a circulação durante o embarque e o desembarque. Próxima estação: Socorro.*

Todos os passageiros se levantam, com exceção de um. Aglomeram-se no centro do vídeo, em torno da mulher. Somente a bolsa preta se sobressai às cabeças dos homens.

*No trem e nas estações, é proibido sentar no chão. Não atrapalhe o caminho dos demais usuários. Próxima estação: Liberdade. Desembarque pelo lado esquerdo do trem.*

Quando soa o aviso de fechamento das portas, a mulher se desvencilha e corre para sair a tempo.

Ela consegue. E não deixa de correr quando chega à plataforma: agarrada à bolsa, atravessa o túnel de acesso, desvia das outras pessoas, tão lentas. Cruza a cancela, cruza a fila da bilheteria.

Ainda ocupando um dos assentos, o homem de paletó preto a observa até o trem desaparecer debaixo da terra.

**MONITOR C**
*Câmera de vigilância 1*

Consultório de analista.
Um divã está posicionado num ângulo de 45 graus em relação ao plano do vídeo. Um homem repousa nele. Usa óculos escuros, apesar da luz baixa do ambiente. Com os braços cruzados atrás da cabeça, fala com tom nostálgico.
No lado oposto, há três fileiras de quatro carteiras escolares. Os analistas que as ocupam anotam o relato de maneira frenética, como se quisessem registrar cada palavra. Preenchem as folhas e as viram na espiral do caderno, uma em seguida da outra.

— Nós estamos na casa de praia da família, na beira da Mata Atlântica. Um casal de tios acaba de chegar, vieram passar o final de semana conosco. Oferecemos o quarto dos fundos para acomodá-los. Meu tio entra com as bagagens, deixa tudo na cama de cima do beliche. Ele é muito alto. Sua esposa é baixinha, ele é muito alto. Ela derruba alguma coisa no chão. Algo valioso, como um anel, por exemplo. E na mesma hora se abaixa para pegá-lo. Minha tia não encontra o anel. Em vez disso, vê uma bolota preta debaixo da cama, que parece um rato. Pede para meu tio tirar ele dali. Ele desce daquela altura toda até o chão, enfia a cabeça sob o estrado. A família inteira quer ver também. Minha mãe morre de vergonha. Começa uma discussão se é mesmo um rato ou alguma outra coisa asquerosa, dessas que só existem na praia. Está morto? Só pode, não se mexe. Meu tio não cresceu daquele jeito correndo riscos desnecessários, assim, ataca a bolota com chineladas, por garantia. Seu braço, longo como uma escavadeira, alcança a bolota do outro lado da cama, apoiada de maneira precária contra a parede, e bate, bate, bate. Ela não se mexe. Então, ele a cutuca com a ponta do Rider. Meu tio usa

Rider, daqueles de borracha alta e rígida. Ele cutuca e a bolota custa a sair do lugar. Vem puxando devagarinho, minha família empoleirada para saber o que é. Parece mesmo um rato. Meu tio larga o chinelo e pega a bolota. Prende uma ponta entre o indicador e o polegar da mão esquerda, prende outra ponta entre o indicador e o polegar da direita, depois afasta as mãos e abre a bolota preta com a mesma tensão controlada com que um ilusionista abre um lenço. A mulherada corre, eu fico. Meus olhos nem piscam.

**MONITOR B**
*Câmera de vigilância 3*

A imagem falha.

Os ruídos da transmissão sugerem o tilintar de taças e passos se aproximando.

Na sequência, ouvimos a voz do garçom:

— Olá, senhor. Infelizmente, trago más notícias. O chef pediu para avisar que não temos mais copos de leite.

**MONITOR C**
*Câmera de vigilância 6*

Shopping center. Num hall, mais à direita do vídeo, vemos um pequeno balcão promocional. Um vendedor está em pé atrás dele.

Um homem de óculos escuros se aproxima pela esquerda, caminhando com tranquilidade, e se dirige até o balcão. Ambos conversam em tom cordial.

— Boa tarde.
— Boa tarde. Posso ajudar?
— Vocês aqui trabalham com cães-guia, certo?
— Sim, isso mesmo. Criamos, treinamos, fazemos o acompanhamento completo.
— Eu quero comprar um, quanto custa?
— Para quem seria o cão?
— Para mim mesmo.

O vendedor para um instante, move o tronco de um lado para o outro, querendo ter certeza de que o sujeito acompanha seu movimento.

— Mas o senhor não é deficiente visual.
— Não sou.
— Sinto muito, os cães-guia só podem ser oferecidos a deficientes visuais.
— Eu vou pagar por ele.
— Sim, mas não basta pagar. Existe uma série de regras para se obter um cão-guia. Para você ter uma ideia, a fila de espera chega a três mil pessoas.
— Por isso mesmo. Até chegar a minha vez, eu já estarei cego.
— O senhor sofre de alguma doença nos olhos?
— Não.
— Alguma outra doença que provoque cegueira?

— Nunca se sabe, né?
— O senhor tem encaminhamento do oftalmologista?
— Precisa?
— Olha, o senhor precisa de encaminhamento sim. Os cães demoram dois anos para serem treinados. Depois, há pelo menos três meses de adaptação, acompanhada por um especialista. Sem contar a fila de espera.
— Eu tenho a sensação de que não vejo bem. Cada vez mais branco, cada vez mais difícil discernir realidade ou ilusão. Eu tenho medo de andar na rua.
— Sinto muito. Eu só posso seguir com o processo se o senhor tiver encaminhamento médico.
— Eu tenho esse problema, você vê?
— Compreendo.
— Percebe?
— Compreendo.
— Você?
— Perfeitamente.

**MONITOR C**
*Câmera de vigilância 2*

Consultório de analista.
O paciente no divã usa óculos escuros. Conta suas lembranças com nostalgia.
No lado oposto da sala, escrivães anotam tudo freneticamente, cada qual sentado em uma carteira escolar.

— É uma casa de praia onde costumamos passar férias e feriados, às vezes finais de semana comuns também. Eu, meu pai, minha mãe e minha irmã. Fica num loteamento estreito, entre o mar e a floresta. Desta vez, chegamos tarde da noite, provavelmente é sexta-feira. Descarregamos o carro e preparamos as coisas para dormir. Minha irmã fica na cama de cima do beliche, eu fico embaixo. É um beliche muito alto. Eu sou baixo, o beliche é muito alto. Ainda tenho, desde os tempos do berço, um travesseiro em formato de ursinho, que levo para todo lugar. Impossível dormir sem ele. Esta noite, eu o derrubo sem querer, e tenho a sensação de que ele corre para debaixo da cama. Pego minha lanterna do Batman e vou atrás. Tem uma bolota preta no canto, entre o chão e a parede. Um rato? Fico um tempão olhando, para ter certeza de que está morto. Ele não se mexe. Tomo coragem, pego o chinelo do meu pai, o primeiro que encontro. Ele usa Rider, daqueles de solado de borracha bem duro, e com a ponta eu cutuco a bolota preta. É o máximo que consigo me espremer debaixo da cama, já arranhando as costas nas ripas do estrado. Nada. Nenhum movimento. Então, estico a mão e puxo a bolota para perto. É peludinha. Seguro uma ponta com o indicador e o polegar da mão esquerda, pinço outra ponta com o indicador e o polegar da direita, abro como se desdobrasse um lenço. Meu tesouro reluz sob o feixe da lanterna. Vou até a cozinha e o guardo numa lata de Nescau vazia. Tampo bem e escondo no fundo do armário para meus pais não a encontrarem.

**MONITOR A**
*Câmera de vigilância 4*

Quarto. Cama de solteiro.
Pôster de desenho animado. Liga da Justiça, Mulher Maravilha.
Pai e mãe entram assim que a filha acorda. Trazem consigo um pacote de presente.
— Você conseguiu.
— Só nota 10 durante o ano inteiro. Ou quase.
— Parabéns! Este é para você.
A garota abre o embrulho. Laço de cetim. Caixa cartonada e encapada.
O papel-manteiga branco revela uma pequena bolsa de grife. Preta.
Sua primeira bolsa sem personagens ou cores extravagantes. Para combinar com a vida adulta que ainda vai chegar.

**MONITOR B**
*Câmera de vigilância 5*

Noite em Gothan City.
Sala de estar de apartamento minúsculo.
Vemos um homem de paletó preto sentado no sofá. Ele disca números no celular, que o levam a um atendimento eletrônico.
— Olá, sua ligação é muito importante para nós. Tecle 1 para
Ao ouvir esse trecho, o homem tira o celular da orelha e tecla.
— Você tem em mãos seu número de inscrição? Tecle 1 para
O homem tecla.
— Entendi. Agora, tecle 1 se deseja
Idem.
— Perfeito, estamos quase lá. Você tem um protocolo de atendimento anterior? Tecle o número do protocolo para que
Idem.
— Obrigada. Você poderá registrar sua reclamação em breve. Aguarde na linha.

— Sinto muito, não podemos completar sua ligação. Agradecemos seu contato. Por favor, continue na linha para avaliar este atendimento. Tecle 1 para

**MONITOR C**
*Câmera de vigilância 7*

Consultório de oftalmologia.

Um homem, com óculos escuros, está parado no centro do vídeo. Ele olha para a câmera com as mãos arqueadas na frente do rosto, como se segurasse um binóculo. Movimenta o tronco com suavidade, para trás e para frente, ajustando a observação.

O oftalmologista, mais ao fundo, aperta um botão no aparelho disposto na mesa e pergunta:

— Agora me diga, o que o senhor vê?
— Muita luz, o senhor sabe.

O médico anota a resposta numa prancheta.

A ação de apertar o botão, indagar e anotar se repete a cada etapa do teste.

— Agora me diga, o que o senhor vê?
— Muita luz, o senhor sabe.
— E agora, o que o senhor vê?
— Muita luz, doutor.
— O que o senhor vê?
— A mesma luz a me ofuscar os olhos.
— Agora?
— Sempre.

— Muito bem, isso é tudo. Os resultados estarão prontos em uma semana. O senhor pode retirá-los na recepção. Ide em paz.

**MONITOR B**
*Câmera de vigilância 6*

Madrugada. Sala de estar de apartamento minúsculo.

Um homem dorme no sofá, deitado de barriga para baixo. Está vestido com paletó preto e camisa branca. A gravata preta está caída no chão, junto de seus sapatos de couro preto.

A graxa reluz com a iluminação do televisor, posicionado de costas para a câmera. Não vemos o programa que é exibido no momento. Mas ouvimos um choro alto de criança. Ensurdecedor. Ininterrupto.

O aparelho continua a iluminar o rosto esgotado do sujeito. Até que toca o despertador do celular. É uma melodia vagarosa. Cello.

O homem desperta, procura de maneira desajeitada pelo controle remoto e desliga o televisor. O choro emudece.

O homem se coloca sentado. Calça os sapatos, veste a gravata. E se arrasta para fora de casa.

**MONITOR C**
*Câmera de vigilância 8*

Consultório de oftalmologia.

O homem de óculos escuros, no centro do vídeo, olha para a câmera com as mãos imitando um binóculo. O oftalmologista aperta um botão no aparelho disposto à sua frente. Ouvimos sons de lançamento, voo e explosão de um míssil.

— Doutor, eu sinto muito, doutor. Eu sinto de verdade. Eu sinto tanto! Não, doutor, eu não sinto. Não sinto nada. Absinto. Insensível, doutor. Insensitivo. Insensatez. Incensório, incensário. Tanto! Eu sinto muito, doutor. Eu sinto tanto. Veja bem, o que eu sinto? O que eu tenho, doutor? Você sente o mesmo? Não vejo como. É normal? Não compreendo. Tudo posto às claras e ainda assim tudo tão obscuro. Doutor, é normal?

**MONITOR C**
*Câmera de vigilância 3*

Consultório de analista.
Divã com paciente. Óculos escuros.
Carteiras escolares com escrivães. Frenesi.

— É uma casa de praia alugada. Estou entusiasmado porque nunca dormi em beliche. Deito no chão para procurar o chinelo Rider que minha mãe comprou para mim, daqueles com sola rígida. Havaianas ainda não são grife. Encontro um rato morto. Dou algumas chineladas e cutucões para ter certeza. Então, crio coragem e o puxo para perto. Seguro-o com as pontas dos polegares e indicadores, afasto as mãos com cuidado, como se manipulasse um pano de chão nojento. As asas são iguais às do desenho do Batman. Sem que meus pais percebam, corro até a cozinha, encontro uma lata vazia de Nescau e jogo o morcego morto lá dentro. Tampo bem, guardo a lata na garagem da casa. Um morcego só para mim. Um morcego de verdade.

**MONITOR A**
*Câmera de vigilância 3*

Toca o sinal.

O professor de lógica sai da sala. Os estudantes aguardam a próxima aula.

No lado direito do vídeo, um menino se abaixa e estica o braço para forçar sua mão entre a cadeira e a bunda da menina sentada à sua frente. A palma para cima.

Outro menino se levanta na primeira fileira e caminha pelo corredor. Vagarosamente. Quando passa por aquela mesma menina, leva a mão direita aos seios dela. Dá uns apertões, depois segue seu caminho até sair de cena.

Mais tarde, no recreio, formarão um pequeno círculo. Em que as mãos se confundem, as identidades se diluem.

Agora não. A professora chegou para a aula de história.

**MONITOR B**
*Câmera de vigilância 7*

Vagão de metrô. Apenas passageiros homens. Todos em pé, com exceção de um.

O homem com paletó preto se levanta. Um dos demais passageiros utiliza os dois braços e o peso do corpo para empurrá-lo com violência. Ele cambaleia até perto de outro passageiro, que repete o gesto. Mais uma vez. Mais outra.

Durante a sequência de agressões, o paletó preto se rasga. Tiras de pano caem ao chão. Depois, a gravata. E a camisa. Os sapatos pretos reluzentes. A calça. As meias pretas. A cueca.

Os empurrões se interrompem quando o homem nu fica prostrado no assoalho.

*Entre e saia do trem sem correr. Não coloque sua segurança em risco. Obrigado.*

O aviso sonoro é feito com voz de criança.

*Estação terminal. Este trem será recolhido. Solicitamos a todos a gentileza de desembarcar nesta estação. O metrô agradece sua preferência.*

Os passageiros se deslocam de forma ordenada para perto das portas e deixam o vagão sem pressa, procurando evitar acidentes.

Exceto um.

**MONITOR B**
*Câmera de vigilância 8*

Escuridão. Local indefinido.
Um facho de lanterna ilumina, de baixo para cima, o rosto de um homem nu. Está caído no chão, as costas apoiadas de maneira precária em uma parede.
A luz se apaga. Passados alguns instantes, o homem reacende a lanterna. Apaga e acende, sempre iluminando o próprio rosto.

O anúncio sonoro diz:
*Existe, pois, este dilema*
*para toda a vida, enquanto durar:*
*a fuga deixa rastros*
*vestígios e pegadas, basta seguir*
*para me caçar. Entretanto,*
*se desisto e estanco*
*meu sangue correrá*
*mais rápido ainda*
*do que o desejo desenfreado*
*daqueles soldados*
*para quem não passo de um rato*
*a ser ex-*
*terminado.*

Então, com voz de criança. Uma menina:
*Sempre em queda*
*sem cair em*
*definitivo*
*lança-se adiante*
*sustenta o peso*
*no movimento*

*resiste
ao abismo, levanta-se
acerta o passo
uma vez mais
erra por aí
distante.*

A lanterna se apaga.

**MONITOR C**
*Câmera de vigilância 9*

Shopping center. Pequeno balcão promocional.
Um homem, com óculos escuros, se dirige ao vendedor. Seus passos, inseguros.
— Boa tarde.
— Boa tarde. Posso ajudar?
— Vocês aqui trabalham com cães-guia, certo?
— Isso mesmo. Criamos, treinamos, fazemos o acompanhamento completo.
— Eu quero comprar um.
— Pois não. Basta preencher o formulário com letra de fôrma.
O vendedor coloca sobre o balcão uma folha de papel branco e uma caneta.
— Desculpe, eu não enxergo.
— Perfeitamente. Basta preencher este formulário com letra de fôrma.
— Sim, claro. Mas eu não enxergo com toda essa luz.
— Temos o cão-guia perfeito para você. Basta preencher este formulário com letra de fôrma.
— Não compreendo. Como é possível? Eu tenho este problema, você vê?
— Será um prazer ajudar. Peço apenas a gentileza de preencher este formulário. Com letra de fôrma, por favor. E depois, assine aqui.

**MONITOR C**
*Câmera de vigilância 4*

Consultório de analista. Divã com paciente. Carteiras escolares com escrivães.

— Não há nada para fazer na praia quando é verão e chove sem trégua. Sinto o cheiro da grama molhada e quero brincar. Em vez disso, fico deitado na rede, oscilando de um lado para o outro. Balanço muito alto, depois, baixo, quase parado. Viro-me de ponta-cabeça. O balanço vagaroso me faz lembrar do morcego morto. Vou até a garagem e encontro a lata. Dou uma chacoalhada e, de fato, tem um corpo lá dentro. Deve estar fedido, cheio das larvas que devoram os mortos no cemitério. Não tenho coragem de abrir. Sou criança e adoro brincar com fogo. O fogo é o melhor brinquedo de todos. Se houvesse sol, eu estaria queimando formigas com a lupa do meu kit de investigador particular. Não há sol, então acendo uma vela e coloco a lata de Nescau em cima da chama. O fundo é de metal. Quero ver o que acontece. E acontece. Algo pula dentro da lata. Eu sinto a batida na direção da tampa. Ela é muito difícil de abrir, precisa enfiar uma colher e fazer alavanca. Tum. Mais uma batida. E outra. E mais outra. A lata esquenta e a agitação lá dentro fica desesperadora. As pontas dos meus dedos ardem, estou com os olhos arregalados e morrendo de medo de que a lata se abra. Mas a única coisa que consigo fazer é mantê-la sobre a chama, até que as batidas silenciem de vez.

**MONITOR B**
*Câmera de vigilância 9*

Escuridão. Local indefinido.
Cães ladram alto. Há também ruídos de perseguição. Passos em fuga, respiração ofegante, folhagem.
Estampidos de tiros.
Dois holofotes se acendem e varrem o vídeo. De cima a baixo, de um lado até o outro. Impossível distinguir muita coisa além de morcegos, que voam para longe da luz.
Os fachos se voltam para a câmera e tudo fica branco.
O agito se encerra.
Silêncio.

**MONITOR A**
*Câmera de vigilância 2*

Chá revelação. Família grande reunida. Flashes de celulares. Pai e mãe ao redor de um bolo. Cortam uma fatia. O recheio é cor-de-rosa.

Balões estouram e lançam serpentinas. Os convidados atiram confetes na direção do casal. Tudo rosa.

Amigos do pai comentam, aos risos:

—Deixou de ser consumidor para virar fornecedor!

Parte das mulheres também ri.

Crianças correm em volta da mesa, devorando docinhos.

**MONITOR B**
*Câmera de vigilância 10*

Escuridão.

Ao longe, vemos o que parece ser um homem nu sob um facho de holofote. Está caído no chão, as costas apoiadas de maneira precária em uma parede.

Tem em mãos uma gaita, com a qual arranha o Hino da Independência. Som frágil, melancólico. Vagaroso.

Ouvimos também soldados em marcha. Um pequeno pelotão. A cada meia dúzia de passos, elas engatilham suas armas e atiram. Marcham, engatilham, disparam.

Marcha, gatilhos, disparos.

Marcha, gatilhos, disparos.

A gaita silencia aos poucos. Após os últimos tiros, o silêncio é absoluto.

O cadáver nu fica deitado de barriga para cima, ainda sob a luz do holofote.

A silhueta de uma mulher vestida de preto surge furtivamente. Seria uma criança?

Ela deixa sobre o cadáver uma flor de copo-de-leite.

O holofote se apaga.

**MONITOR A**
*Câmera de vigilância 1*

Quarto.
Ao fundo, o Hino da Independência, tocado vagarosamente. Gaita.
Um jovem adulto empacota suas coisas para a mudança. O casamento será nos próximos dias.
Mais para o canto do vídeo, vemos pilhas de roupas em cima da cama. O skate continua pendurado na parede. Ao lado, uma flâmula de time de futebol.
Uma caixa de papelão lacrada com fita guarda a pequena coleção de bonecos de super-heróis. Para quando tiver um menino.

**MONITOR C**
*Câmera de vigilância 5*

Consultório de analista.

— Eu tenho um cinto de utilidades. Sou o vigilante da metrópole. Subo no muro do vizinho e pulo as lanças. Ouvi falarem de outro menino que escorregou e a lança transpassou sua coxa. Ele ficou pendurado lá em cima até que os bombeiros viessem resgatar. Ele não era o Batman. Eu sou. Pulo as lanças e desço no quintal, onde um velho pé de jaca cobre a casa inteira. Quando uma jaca madura cai, é uma granada inimiga que explode ao tocar o chão. Tenho certeza de que, atirada daquela altura, mataria uma pessoa. Ou a deixaria aleijada. Não eu, eu sou o Batman. Desenrolo a cordinha de nylon do meu cinto de utilidades e amarro uma ponta na haste de uma lança. Amarro a outra num galho da jaqueira. Eu sou baixo, a árvore é muito alta. O muro é muito alto. As lanças de alumínio. Então, me penduro de cabeça para baixo, com a cordinha presa atrás dos joelhos. Agarro a cordinha com ambas as mãos e vou atravessando aquela distância entre o muro e a árvore, engatinhando ao contrário, como um super-herói. Avanço um metro e meio, talvez dois metros, até que a cordinha se rompe e eu despenco de costas no chão. A pancada é tão forte que não consigo respirar. Fico olhando para cima. A luz do sol atravessa os galhos da jaqueira e me ofusca os olhos. Tanta luz. Como é possível haver tanta luz àquela hora da noite, em Gothan City?

**MONITOR C**
*Câmera de vigilância 10*

Consultório de oftalmologia.
Homem de óculos escuros no centro do vídeo, simulando um binóculo com as mãos.
O oftalmologista anota o caso numa prancheta.

— Vejo tão mal com toda esta luz.
— Continue, estamos esclarecendo a questão.
— Os holofotes, tão traiçoeiros.
— Continue, estamos esclarecendo a questão.
— Tudo posto às claras, tudo dado a ver. Ninguém notou. Será possível?
— Continue, estamos esclarecendo a questão.
— Dar à luz. A luz no fim do túnel.
— Continue, estamos esclarecendo a questão.
— As pessoas iluminadas.
— Continue, estamos esclarecendo a questão.
— Vigilantes e vigiados.
— Continue, estamos esclarecendo a questão.
— Como esta minha luminescência frágil pode sobreviver à claridade do meio-dia?
— Continue, estamos esclarecendo a questão.
— Como eu posso desaparecer, doutor? Como sustentar isto que trago de obscuro? Como preservar minha sombra e sua natureza sombria?
— Continue, estamos esclarecendo a questão.
— Como pode um vaga-lume sobreviver entre tantas mariposas?
— Continue, estamos esclarecendo a questão.
— Devo perseguir a luz?

— Continue, estamos esclarecendo a questão.
— Posso confiar na luz, doutor?
— Continue, estamos esclarecendo a questão. Continue.
— Doutor.

O vídeo se apaga num fade muito lento, enquanto eles ainda falam.

**MONITOR B**
*Câmera de vigilância 1*

14 horas em Gothan City. Restaurante.
Família reunida em torno da mesa. Todos conversam animosamente.
Com exceção de um garoto, que observa.
— Agora, querem câmeras nos uniformes dos policiais.
— É um absurdo.
— Como eles vão torturar os bandidos? Porque todo mundo sabe que é assim.
— Sempre foi.
— Claro, vão falar à toa?
— É o que eu sempre digo: é por isso que a Justiça não funciona neste país.

**MONITOR B**
*Câmera de vigilância 4*

Estação de metrô.

Máquinas de venda automática enfileiradas junto à parede do fundo.

O garçom entra pela esquerda do vídeo. Caminha tranquilamente, assoviando, e apoia sua bandeja numa lata de lixo. Procura moedas no bolso, que, em seguida, insere na fenda da terceira máquina. Aperta um botão. Repete o gesto.

Snacks caem de seus nichos nas prateleiras. Item a item, o garçom os recolhe do compartimento de coleta e organiza com primor em sua bandeja. Ele não para de assoviar nem por um minuto.

Continua até que a bandeja esteja cheia. Pendura, então, um guardanapo de pano branco no antebraço, e com a outra mão carrega o pedido para fora do quadro.

**MONITOR C**
*Câmera de vigilância 11*

— Meus pais contam que, uma noite, durante as férias de verão, caí da cama de cima do beliche. E continuei dormindo no chão, como se nada tivesse acontecido.

**NOTAS PARA A MONTAGEM DA EXPOSIÇÃO**

Os vídeos devem ser exibidos em três paredes distintas de uma mesma sala escura, de forma consecutiva e em looping. Cada parede corresponderá a um monitor. Cada monitor, a um sujeito.

As cenas captadas pelas câmeras de vigilância podem seguir a sequência aqui proposta ou a ordem convencional, do número 1 ao último. Convém alertar o espectador de que essa mudança acarretará em uma experiência estética diferente.

# Eterno retorno

Sou eu. Um dia me vi na rua assim. Um cão.

JEAN GENET, *O ateliê de Giacometti*

**PARTO**

Olhos de menina.
Um espanto, um revólver. Tão pesado!

Miolos coloridos explodem no ar.
Ecoando a voz do Louco.

*O nascimento traz consigo muitas mortes. São as mortes de tudo o que poderia ter sido e jamais será. O nascimento é a morte em si.*
*É bobagem falar sobre isso. Bobagem falar de cima para baixo. É preciso vivê-lo.*
*Para saber, é preciso nascer. Viver. E morrer.*
*Bobagem falar, dizem os outros. Porém, há o inominável e falar é o que resta. Linguar, linguajar, verbocizar, tentando dar conta dele. Ser na linguagem é tudo o que resta.*
*Então, eu falo. Nós falamos. Ah, e como! Somos enquanto falamos. Silenciamos quando não existimos mais. A voz marca o nascimento e a morte; por ambos, choramos.*

Entre eles, a vida. Mero instante. Caminhada através do desconhecido, do lugar algum ao lugar nenhum, do pó ao pó. O fogo. A morte, conheço de nome. O que há além? Nem mesmo o pó.

O lixo. Na ocasião de um nascimento, naquele instante imensurável, naquele momento presente que quando se percebe já é passado, mais veloz do que o disparo de um revólver e mais demorado do que tudo o que já aconteceu na história do universo, no primeiro e derradeiro, ali, exatamente ali, morre a pureza das pessoas. Morre a perfeição que poderia existir, e que na realidade jamais existirá. A utopia? Morre. Inteirinha. Naquele. Exato. Ponto.

Acredite, sei o que estou dizendo, eu nasci. Eu vivi.

É preciso viver para saber. E para falar. A verdade, fui eu que escrevi.

Eu vivi a fecundação, primeiro e único ato verdadeiramente espontâneo. Dali para frente, a culpa é nossa, é de cada um de nós.

Cada um com a sua própria sina. Fé, liberdade, justiça, segurança, certeza, comunidade, ética, moral, valores. Até quando?

Quando o espermatozoide viola o óvulo, a inocência se esvai. Um morto que choramos depois.

A menina puxa o gatilho e seus miolos são coloridos.

Aqueles que já morreram tocam nosso réquiem.

Tudo premeditado.

Nos miolos coloridos, eu vejo flores, sonhos, sorrisos.

Abraços, beijos, carinhos, carícias. Grama verde, céu azul, casinha com chaminé.

A inocência vaza pelo buraco da bala. Cova aberta. Para um cadáver ou para uma semente?

Tudo vaza e abre espaço para o lixo. Sente o cheiro acre? É pólvora, enxofre, danação.

Passa o fogo, resta o buraco. A cicatriz. Sobras, resquícios de um passado sempre presente. Fragmentos de futuros que não poderão existir porque um, apenas um, terá lugar.

*A vida está concebida. É preciso um culpado, viver é apenas questão de encontrar culpados.*
*Não adianta chorar. Você acaba de nascer. Nunca mais será o mesmo. Ou ninguém. Ou um ser qualquer.*

**NINGUÉM. OU UM SER QUALQUER**

A luz.
O cheiro acre.
A música dos sons da rua.
Um cobertor velho às costas, um viaduto.

O ar.
Queima.
Infla.
Dói.
Dói aqui dentro.
Dentro de quem?
Dentro de mim.

E aquele?
Um maltrapilho.

— Não vejo as águias, mas elas estão aqui. Ali! Ah, não são águias coisa nenhuma, são dois urubus. Rá, rá. Eu me confundi. Você viu? Os danados cruzam exatamente sobre o viaduto. Marcam o centro do mundo. Seu umbigo. "Ó, homem, conheça a si mesmo e conhecerá os deuses e o universo". Não fui eu que inventei, isso existe há muito tempo, são palavras sábias. Não fui eu, nem foi agora. Mas ainda é assim. Até quando? Para sempre.

Estico o corpo ao limite. Tão rígido.
Não caibo dentro de mim.
Preciso respirar.

— Ei, amigo.

A cabeça, é como se inchasse.
A tosse.
A dúvida.
O riso.
Um copo cai da mesa e se desfaz em cacos.
Um espanto, um carro.
Uma freada brusca.
Sangue.
Fogo.

— Ei, amigo

Sirenes.
Ambulância, polícia.
Ao longe. Tão longe!
Dói demais.
Dentro de mim.

— Eeeei! Amiiiiigoooo!
— Dentro de mim.
— Você tá bem?

O sonho, tão bom, já é outra coisa. Dois copos vazios. Só a dor é real. O peito, as costas, a cabeça. A realidade invade ouvidos e pulmões. Gosto seco, língua grudada no céu da boca. Minhas pernas, tão pesadas. Fumaça, fuligem, cheiro de gasolina. Escapamentos ecoando na caverna dos sonhos esquecidos. Acordar na escuridão, ouvir o chamado da vida. Impossível voltar ao que era antes.

— Ressaca brava, é?
— Como?

— Enxaqueca, cara chupada, suor azedo. Você sabe. Chapou o coco, foi?
— Não sei, não me lembro. Você é...
— Tenho nome não. Sou isto aqui que você vê.
— Certo.
— Você tá bem? Não parece nada bem. Foi só cachaça, foi? Foi não. Eu não acho que foi.
— É como se alguém se mexesse dentro de mim.
— Nossa mãe, tá grávido! Rá, rá. Não quero nem saber com o que você se meteu.
— Eu não... Como vim parar aqui?
— Taí, boa pergunta. Sei não. Apareceu assim, do nada. No meio do lixo.
— Onde estamos?
— Ora essa, como fui esquecer? Bem-vindo! Este aqui é o meu mundo.
— Seu mundo.
— Meu. Bom, na verdade, não é só o meu. É o centro de todos os mundos. O ponto onde tudo se encontra! E onde tudo se perde. Entre o céu e o inferno, o claro e o escuro, o bom e o ruim. Daqui se vai a todos os lugares possíveis e imagináveis. Você está na origem, na encruzilhada, no ponto de não retorno.
— Debaixo de um viaduto. Qual viaduto?
— Seja bem-vindo.
— Eu morri?
— Não.
— Não estou no purgatório?
— Purga o quê?
— Deixa pra lá.
— Falando em purga, ele logo aparece.
— Ele quem?
— Bostinha. O meu cachorro.

Sempre tem um cachorro.
— Levanta aí, amigo. Dá aqui a sua mão.
Minha maleta, minha carteira. Eu...
— Por acaso você...
— Pois não, amigo.
— Você disse que este mundo é seu.
— Isso.
— Você é... Deus?
— Rá, rá, rá. Gostei.
— Desculpe, eu não sei o que estou dizendo. Seu cachorro tem nome e você não?
— Bostinha sempre me surpreende. Ainda não o conheço bem.
Esse cheiro. Deus está morto.
— Parece óleo queimado.
— Bem sujo mesmo.
— Como é?
— Essa sujeira. Tenho culpa não. São os outros.
— Os outros?
— Um monte de gente chega como quem não quer nada e deixa esse lixo aí. Não dou conta de limpar o mundo inteiro.
— Certo. Não quis dizer que você é culpado de nada.
— Já disse pra você, aqui é o cruzamento de tudo, é onde a poeira acumula. Parece que o mundo é um só, mas é ilusão sua, ninguém quer se misturar. Olha em volta, olha aí. Ninguém. Por quê?
— Porque este lugar é inóspito.
— Eu fico sozinho o tempo inteiro. Eu e o Bostinha. Os outros acham que me excluíram, fingem que não me veem, mas quer saber? Fui eu que excluí eles. Agora tem você.
— Entendi. Ainda bem que você lembrou. Eu preciso ir.
Eu preciso lembrar.
— Sabe quem me aceita como eu sou? Bostinha! Vem cá, garoto. Cumprimenta o amigo. Bostinha está aqui pra provar que

estão todos errados. Garoto esperto. Cachorro não sabe mentir, não finge pra cima de mim, a gente se dá bem.

— Por que esse nome?

— A criançada adora.

Voltar para onde?

— Desculpe insistir, mas você não viu nada? Quando eu apareci aqui?

— Pra ser sincero, isso me esquentou mesmo os miolos. Eu estava dando um passeio com o Bostinha, sabe como é, pra ele fazer as necessidades. Então, a gente voltou e deu com você aí, no lixo. Não lembro de já ter visto alguém jogado aí, a não ser eu mesmo. Fiquei pensando: como é que o amigo veio parar no meu mundo? Pensei, pensei, e como não cheguei a conclusão nenhuma, fui dormir. Aí passou um dia, dois dias, três dias e nada, você no lixo. Pensei que tinha morrido. Mas não morreu. Acordou.

— Eu estava ali há três dias e você não fez nada?

— Três dias, não. Faz mais ou menos uma semana. Isso se vi você no mesmo dia em que chegou, essa coisa de tempo me deixa meio atrapalhado das ideias.

— Por que não me acordou? Ou avisou a polícia?

— Deus me livre! Aliás, se eu tivesse dormindo aí quando você passasse, ou se eu estivesse mortinho, você ia cutucar pra saber? Mas eu sabia que você não estava morto, você não fedia como morto, é óleo queimado e falta de banho. Parecia morto, mas os ratos não deram nem uma bocadinha. Não tem mordida mesmo, né? Confere aí.

— Não tem mordida nenhuma, pelo amor!

Preciso lembrar.

— Ei, amigo. Você tá bem?

— Preciso pensar.

Descobrir o que aconteceu.

— Quer ficar sozinho? Sozinho é bom pra pensar.

— Espere, acho que você ainda pode me ajudar.
— Viu, Bostinha? O amigo precisa da minha ajuda!
— Meu deus. Deixa pra lá, está tudo bem.
— Não sou Deus, amigo. Você já deveria saber. Mas ainda não sabe. Como é possível?
— Minha cabeça está confusa.
— Precisa se descobrir.
— Acho que sim.
— Então descobre, vai.
— Como assim?
— Meu cobertor, amigo. Devolve. Já usou bastante.
— Desculpe, eu não tinha visto. Obrigado.
— Achei que você estava com frio. Nunca vi tremer tanto. Nem falar tanto sozinho.
— Enquanto eu dormia? O que falei?
— Não entendi nada. Uma notícia de jornal, o destino, um velho que morreu. Alguma coisa colorida voando. Copo espatifado. Papo de noia. Foi só cachaça mesmo?
— Eu não me lembro!
— Olha só, essa sua camisa nem amassa. Tá novinha. Essas manchas, dá pra tirar com uma boa esfregada. Calça azul, camisa branca. Aonde você ia, chique desse jeito? Ah, antes que eu me esqueça, isto aqui é seu, ó.

Minha maleta.
— Está vazia.
— É?
— Exceto por este palito de sorvete. Você pegou o que estava aqui? Pode ficar com o dinheiro. Só quero os meus documentos.
— Você acha mesmo que, se eu fosse ladrão, estaria aqui esperando você acordar? Tá maluco de sair por aí acusando as pessoas?
— Desculpe. Por um momento, achei que a pasta me daria uma dica.

— A dica é: hakuna matata, você vai entender! A confusão na cabeça é só por causa da passagem. Logo você melhora.
— Passagem?
— Do seu mundo pro meu. Acha que veio de onde? Do além? Deixa eu explicar de novo porque você é meio burro. Os mundos são interligados. Pessoas vêm e vão. A passagem pode ser traumática, causa alucinação, não sei. Perde a memória?
— As pessoas vêm e vão. Como eu faço para voltar para casa?
— Você é bem-vindo, pode ficar aqui pra sempre. A gente é feliz aqui.
— Não quero saber se você é feliz no lixo. Eu preciso voltar.
— Você era feliz em casa? Você nem lembra o que tinha lá!
— Não importa!

— Quer um tempo pra pensar, amigo?
— Eu preciso ficar sozinho.
— Isso. Sozinho é bom pra pensar. Fica à vontade, meu mundo também é seu. Vem, Bostinha. Você não precisa se preocupar com isso, né? Não precisa pensar. A gente também chega lá. Ou não. A humanidade começou e vai terminar no lixo, essa que é a verdade. É o nosso destino. Ninguém explica isso na escola. Mas a verdade é que a humanidade começou quando inventou o lixo. E o lixo é tudo o que nos resta. Sim, eu sabia que você concordaria.

Ar fresco, respirar fundo.
Preciso sair daqui.
Para lá ou para cá?

**AMOR VIRTUAL**

— Deu match!
— Você ama Coldplay?
— Seu filme favorito é "Como se fosse a primeira vez"?
— Cruza a praça Marechal Floriano...
— ...todos os dias a caminho do trabalho!
— Trabalho no Hospital Municipal. Sou enfermeira no setor de terapia intensiva.
— E eu, numa seguradora! Quer dizer, vendo seguros de vida, não sou enfermeiro.
— Deu match.
— Somos perfeitos.
— Que modesto!
— Perfeitos um para o outro, eu quis dizer.
— Quer dizer que não me acha perfeita?
— Eu adoraria conferir pessoalmente.
— Que coincidência!
— É o destino.
— Amanhã, hora do almoço.
— Faça chuva ou faça sol.

**A CHUVA CAI**

Para lá ou para cá?
Até uma praça, sol a pino. Gritos.
Um sujeito berra a plenos pulmões, montado num caixote de madeira.
Pregação de um profeta urbano.

*O Louco tem pena do Super-Homem, que não é louco e precisa trabalhar das nove às cinco para pagar a conta da TV!*
*Pena do Super-Homem, que vive conforme o preço do feijão e ainda se acha bom o bastante para querer levar sempre a melhor!*
*Pena do Super-Homem, que põe a culpa no arqui-inimigo!*
*O Louco viveu dez anos na montanha para hoje sentir esta compaixão.*
*Por isso, prega:*
*Chuva,*
*afague essa gente de sonho*
*tão decente, que sofre ontem*
*carente, os calos de amanhã.*

Começa a chover.

*Chuva, afague essa gente carente.*
*E derrube o Super-Homem em pleno voo!*

Forte trovão. A chuva fica mais intensa.
Para lá ou para cá?

— Louco, as pessoas correm da chuva. Para onde elas fogem?
*Todos fogem, ninguém escapa.*

— Meus olhos transbordam. Só eles próprios percebem, debaixo desta água toda. Para onde fugir quando tenho medo de mim mesmo? Medo do que pode ter acontecido?

*Há sempre a chance de voltar à caverna dos sonhos esquecidos!*

— Louco, por que você não tenta se proteger?

*Eu não corro porque também tem chuva à minha frente.*

— Preciso da sua ajuda, Louco.

*Manter-nos ignorantes e ligeiramente insatisfeitos, é isso que os poderosos querem!*

— Procuro respostas.

*Encontre perguntas!*

— Quem sou eu?

*Enquanto não inventar a si mesmo, você é ninguém. Quando, enfim, se inventar, será um ser qualquer.*

— Não posso voltar para casa.

*O impossível permanece até o momento em que se realiza.*

— Para onde ir? Nenhuma lembrança vem me orientar.

*Palavras nascem e morrem todos os dias. A língua permanece viva.*

— Há um cemitério para palavras mortas?

*As palavras edificam e destroem, depois desaparecem como o assassino desaparece da cena do crime. Restam apenas vestígios.*

— Não reconheço as linhas de ônibus. Onde estou?

*Veja os prédios espelhados, as lojas lá e cá, as modas nas fachadas. Você está em uma cidade qualquer.*

— Não encontro o meu passado.

*A história não é relembrada nem revivida, ela é criada. A história é uma ficção. O resto é ilusão.*

— Quem ensinou isso tudo a você?

*As loucuras do Super-Homem. A percepção torta das coisas. Os ouvidos escancarados.*

*Eu nasci há 10 mil anos! Eu vi e vivi isso tudo. É preciso viver para poder dizer. É preciso morrer. Muitas vezes! Morrer dia após dia, palavra após palavra.*

*Aprendi com minhas perguntas. Hoje, ensino a questionar.*

*Sou um visionário porque enxergo o presente enquanto ainda há tempo de mudá-lo.*

*Sou um profeta porque digo o que não cabe em palavras. Eu proclamo o indizível!*

*Super-Homem, me diga: se toda vitória implica uma derrota, o que você sacrifica para ganhar a vida? Você, mais do que ninguém, saberá me dizer: quanto vale a vida?*

— Como faço para descobrir meu caminho?

*Derrube as barreiras. Desvie. Erre.*

— Não creio que posso.

*A silhueta do passado se afasta como o horizonte, cicatriz recém-cingida na consciência.*

— Meus olhos ardem.

*A cicatriz é prova de que a consciência existe.*

— As imagens se despedaçam.

*Junte os fragmentos. Cole-os fora de lugar.*

*Faça, do copo, um vaso de flores.*

— Meu deus, como?

*Deus está morto. Nem mesmo nele você pode confiar.*

— Posso confiar em você?

*Sou mais sincero do que o Super-Homem pode suportar!*

— Você diz a verdade?

*Não! A verdade é desejo do Super-Homem. Fui eu que a escrevi. Eu a reinvento dia após dia. Dizer é deturpá-la.*

*Linguar, linguajar, verbocizar, tentando dar conta da vida.*

*Ser na linguagem é o que me resta.*

*Então, eu falo. Falo, logo existo. Proclamo o indizível.*

*Profetizo o que ninguém quer ouvir.*

— Ninguém quer ouvir, ninguém lhe ouve. Por que continua a dizer? Viverá sozinho para sempre?

*Sozinho para sempre.*

A chuva para.
O Louco desce do caixote.

*Parece que você encontrou uma pergunta. Vai, assim, descobrindo a si mesmo.*
*Mas cuidado: ao pisotear a serpente, você também se apoia nela.*

E assim, o Louco se vai.
Para lá e para cá.
Para além.

**AMOR VIRTUAL**

— Não foi coincidência a gente se conhecer?
— Não sei. Ainda quero acreditar no destino.
— Por quê?
— Porque ele dá sentido às coisas. Se estávamos destinados a nos encontrar, não tínhamos como fugir.
— A não ser que um de nós tivesse morrido antes.
— A gente se encontraria lá no seu hospital.
Risos.
— É uma UTI, não um necrotério!
— Estou brincando. Não tem como morrer antes de o destino deixar. Nem depois.
— Um monte de coisa poderia ter acontecido para a gente não se encontrar. Não foi uma coincidência feliz? Eu poderia ser qualquer outra pessoa, você também, bastava um detalhe ter sido diferente.
— Um monte de coisa aconteceu para que fôssemos nós dois e mais ninguém. Não pense no que poderia ter sido, mas no que é. Essa é a beleza do destino: uma rede de relações perfeitamente trançadas.
— E as coincidências? Não existem?
— Talvez nas pequenas coisas sem importância, que não afetam diretamente a grande trajetória da vida. Não tenho certeza. Talvez até mesmo elas sejam predefinidas.
— Você acha que todos nós compomos uma história única?
— Somos todos personagens dessa história, inclusive eu e você, agora, nesta praça.
— Considerando que não sabemos o que está à frente, talvez a vida seja um labirinto, cheia de escolhas e armadilhas.
— Todos soltos no labirinto, os caminhos prontos para serem percorridos. Parece que você também acredita em destino.

— E se tivéssemos cada um a sua própria história, em vez de vivermos juntos uma única? De repente, nossas estradas coincidem. Ou se afastam. Ou passam a vida sem saber que a outra existe.

— É o destino, só que com outro nome. Nossas histórias pessoais também existem, claro. O destino depende das escolhas que fazemos. Uma escolha particular pode determinar o futuro de muitos. A diferença é que a trama já foi planejada. Só que nós não sabemos o que nos aguarda. Ainda.

— O destino não depende da gente.

— Pelo contrário. Ele só acontece porque a gente existe. Precisa de nós para se realizar.

— Isso! E o que é uma coincidência para você?

— Algum tipo de relação inusitada. Um acontecimento que não tem motivo para acontecer.

— Pode existir coincidência nestes tempos de algoritmos?

— Pode existir destino?

— Para mim, se você encontra uma pessoa, é porque tem que trocar experiências.

— E o destino nos leva até lá.

— Isso.

— Esse seu destino explica tudo fácil demais.

— Enquanto a coincidência não explica nada. A vida não tem sentido.

— Então, está destinado e pronto? Sem discussão?

— Por que você quer discutir?

— Eu não quero viver sem fazer minhas próprias escolhas, seguindo um roteiro.

— Você não sabe o que vai acontecer. Qual será o final da história?

— Se não fui eu quem decidiu, não importa.

— Qual será o final da nossa história?

— Ela não pode terminar nunca.
Risos.
— Linda. Para mim, está ótimo. Os romanos já diziam: não há nada mais honrado do que uma pessoa assumir o seu destino.
— Diziam isso porque o destino deles foi deixar o império ruir.
— Se você é dona do próprio destino, ainda há um destino.
— É diferente. Sou eu que faço o meu destino. Eu tomo as decisões, eu dou as ordens.
— Com um destino já escrito, também é você quem escolhe.
— Só que não fui eu que escrevi.
— E daí, se o fim será o mesmo?
— O fim.
— É.
— Esse seu destino é como um dono. Com um destino já determinado, você não come, é alimentado. Não sai, é levado para passear. Sua vida segue na ponta da guia, como um cachorro. Os casos que vejo na UTI... Como aceitar que foram propositais, em vez de acidentais? Vou partir do princípio de que aquelas pessoas merecem?
— Eu levanto, como, ando, trabalho, amo, saio quando bem entender. Se acredito numa força transcendental, tanto faz, minha vida não muda. Aliás, acreditar é um conforto. Quando acredito no que ninguém pode comprovar, significa que jamais tirarão esse conforto de mim. Os sinistros que já recebi... Impossível acreditar que foram mero acaso.
— Mero acaso?
— Para quem não acredita, é acaso. Para quem acredita, é um sinal. Ou uma sina. Pensando do seu jeito, tudo pode ser coincidência.
— E é, de certo modo.
— E se eu fabricar uma coincidência?
— Como você vai fabricar algo que ainda não aconteceu?

— Vamos supor que você gosta muito de um médico lá do hospital. É só um exemplo. Ele não dá bola, nem percebeu nada, mas você está apaixonada. Já pensou em mil maneiras de chegar junto, mas naquele ambiente não dá. Então, um dia, quando ele sai para almoçar, você entra no consultório e encontra uma anotação: buscar a encomenda na livraria. Então, você vai até lá.

— Na livraria? Mas isso não é coincidência!

— Para você, não. Mas para ele será. Você dirá: nossa, que coincidência encontrar você aqui. Pronto, está feito.

— Mas a vida não é assim. Nem tudo está escrito na agenda.

— Está escrito no destino.

Risos.

— E se eu matasse alguém? O destino assumiria a culpa?

— A culpa, talvez. A responsabilidade jamais.

— Que injusto! Eu só estaria seguindo o roteiro. Não posso ser penalizada por uma coisa que não escolhi fazer.

— Você escolheu. Estava escrito que você escolheria matar.

— Foi o que eu disse, seu destino explica fácil demais. Não dá margem para argumentar.

— Você se preocupa à toa. Tanto faz se existe destino ou não. A gente vive e pronto.

— Hakuna matata.

— Como é?

— O Rei Leão, nunca assistiu? Aquele desenho? "Hakuna matata. É lindo dizer! Hakuna matata. Se vai entender".

— O que isso tem a ver?

— É uma música. Começa assim: "Os seus problemas, você deve esquecer... Isso é viver. É aprender! Hakuna matata."

Começa a chover.

— Quem podia imaginar, uma chuva dessas?

— A previsão do tempo avisou.
— E agora? A gente faz o quê?

**INVISIBILIDADE**

O picolé derrete e escorre. Pinga no banco da praça.
Suja a camisa branca e a calça azul, até então impecáveis. Sempre impecáveis até que.
Os dedos melados mancham a valise. Quem se importa agora?
Quando criança, eu sonhava trabalhar com terno e gravata. Qualquer profissão, contanto que fosse bem-sucedido. Terno e gravata compunham o uniforme dos homens que dominam o mundo. Os homens que ditam as regras.
Hoje, debaixo deste sol, é o mundo que me submete.
O couro da valise é sintético. O tecido do terno é sintético. Da camisa também. Uniforme da firma, menos suscetível a amassados. É a primeira imagem que faz a venda. Quem liga se ficam um forno no sol e uma geladeira no ar-condicionado? Além do mais, todos os corretores que bateram recordes usavam terno, camisa e gravata iguais a estes. Carregavam as apólices de vida numa valise igual a esta. Entraram para a história da empresa.
Se eles fizeram, eu também posso.
Poderia. Não mais. Agora, o corretor também é sintético. Se você quiser contratar um seguro de vida, basta acessar o site da seguradora, preencher o formulário com seus dados pessoais e o valor do prêmio será determinado de acordo com o seu perfil.
Na mesma hora, sua vida passa a ter um preço.
O software sequer usa terno e gravata. Outro custo reduzido com sucesso.
O picolé desaparece comigo. A sensação... É como um leve formigamento, quase imperceptível. Tem também o frio na barriga, apesar do sol, como se eu despencasse de um sonho. Direto numa montanha de lixo.
As mãos meladas escorregam nos fechos da valise. Sujam os papéis, que rasgam com facilidade. Etiquetas de preço, seguran-

ça sintética, como todo o restante.
Tudo tão frágil.
Tudo voa com a mais leve brisa.
Já consigo ver o mundo através das palmas das mãos. O banco da praça, a realidade concreta. Não sou eu que domino o mundo, afinal. É o mundo que me submete.

**AMOR VIRTUAL**

— Não acredito que fizeram uma coisa dessas com você.
— Passei dezesseis anos da minha vida ali.
— Vai ficar tudo bem. Você é um profissional dedicado, talentoso. Gato.
— Cachorro.
— Como assim?
— Comprei um cachorrinho para viver com a gente. Isso foi antes da notícia ruim. Era para ser surpresa, mas já conto agora para melhorar o clima.
— Eu não acredito, que maravilha!
— Você queria tanto. Vai ajudar a desestressar.
— Eu amo você. Obrigada!
— Eu também te amo.
— Vou dar o nome de Bostinha. Já que chegou nessa situação de merda.
Risos.
— Tá brincando, né?
— A criançada vai adorar.
— Onde está? Quero ver!
— Vamos passar no canil agora à tarde.
— Vamos já.
— Eu tenho uma proposta: a gente pega o cachorrinho e depois toma uma para comemorar. Nosso bar fica lá perto.
— Isso, vamos mudar esse destino aí. Nada de chorar as pitangas.
— É vida nova!

**O HERÓI**

Para lá ou para cá?
No centro da praça há uma estátua de soldado.
Sempre imponente. Espada em punho. Determinado.
Coberto com um manto branco tecido aos poucos pelos pombos.
As aves fogem quando uma pessoa de verdade se aproxima.

— Floriano Peixoto.
— O guardião do tesouro. Marechal de ferro. O incorruptível. A estátua leva meu nome. A praça leva meu nome. A história carrega meu nome rumo ao futuro deste país.
— A chuva não levou a bosta embora.
— Vejo que você é como os pombos, não respeita os verdadeiros heróis. Minha história é composta de fatos e grandes feitos.
— A história é uma ficção. Todo o resto é ilusão.
— Como ousa?
A estátua desce do pedestal. Desembainha a espada.

Tiros, gritos, cavalos, explosões, gemidos.
Uma praça de guerra.
— Todos mortos!
— Insurgentes. Rebeldes. Revoltosos. Máculas da nossa história. Inimigos da pátria amada.
— Civis.
— Inimigos da pátria amada.
— Inocentes!
— Inimigos. Da pátria. Amada.
— Como pode, um genocida, transformar-se em herói?
— A história carrega meu nome. Do passado ao futuro.
— Como pode, senão pela ilusão?

— O segredo é não deixar vivo quem pensa o contrário.

A lâmina passa rente ao meu peito.
O coração dispara em medo e fúria.
A fuga leva ao ônibus, que já vai deixando o ponto.
O ponto, nunca final.

## NUM ÁTIMO

A criança no carro ao lado quer saber por que as pessoas no ônibus olham para fora.
*Porque não têm nada melhor para ver lá dentro.*
Risos?

Um velho, nos primeiros assentos, coloca o livro de lado para papear.
— Quase perdeu o ônibus.
— Quase perdi a vida.
— Seria uma perda grave.
— Não tenho certeza ainda.
— Tem razão. A vida já não é como antes. Minha esposa dizia que a morte é pontual. Não me parece mais.
— Para onde estamos indo?
— Sinto saudade do que ficou para trás.
— Eu gostaria de dizer o mesmo.
— Você ainda é jovem. Se tivesse colhido ameixas no pomar de minha infância, provaria essa persistência do passado que retorna apenas como a certeza do nunca mais. É da diferença entre o sabor das ameixas do mercado e daquelas plantadas no fundo da minha casa que vem a consciência do tempo.
— Não faço ideia de que horas são.
— É tarde demais.
— Não posso me afastar tanto.
— Esta é uma linha circular. É também uma ilusão. Ainda que volte, você estará sempre se afastando.
— Não me preocupa. Estou condenado ao presente.
— Estamos todos. O passado é uma falácia; o futuro, um horizonte. As lembranças são parciais; já o destino permanecerá sempre distante.

O ônibus para.
Sobe um menino.
O menino saca um revólver.

— Piloto de fuga. Vai, vai, puxa o carro! Todo mundo pianinho agora, valeu? Celular pro alto, todo mundo, eu quero ver. Vocês dois aí, celular pro alto.
— Não tenho.
— Na boa, tá tirando? Anda, os dois! Carteira, celular e aliança na sacola.

O velho puxa a carteira do bolso. Depois, tenta tirar a aliança, muito apertada no dedo.

— Também não tenho carteira nem aliança.
— Puta que pariu, cadê a grana, mermão? Cartão de crédito. Põe tudo o que tem na sacola. Ou vai sentir o peso dos pipoco.
— Um mendigo me roubou. Não sobrou nada.
— Vai acusar a concorrência, é? E você, vovô, também acha que eu tô brincando? Tira logo essa merda de aliança que eu preciso vazar.
— Está presa.
— Cospe nela, sei lá, se vira!
— Eu não consigo. Nunca tiro a aliança.
— Vai tirar agora.
— Desculpe.
— Vai, vai, vai. Puta que pariu, vovô. Acelera o marcapasso!
— Eu preciso de ajuda.

— Tá aqui a ajuda. Vá se foder.

O estampido.
O peso da cabeça no meu ombro.
As mãos soltas nas coxas.

— Agora, você. Arranca a aliança dele, pode ser com dedo e tudo. Passa essa merda para cá.

A aliança sai sem esforço.
O menino corre.
O livro do velho fica.

**LER PARA CRER**

Cem anos é solidão demais.
Pessoas se aproximam, a sarjeta oferece acolhimento.
Uma senhora se detém. Também traz um livro consigo.

— Deus oferece a plenitude eterna. A solidão é o castigo que os pecadores procuram para si.
— Como é possível aguentar tanto?
— Com fé.
— Eu não sei mais em quem acreditar.
— Acredite na palavra de Deus.
— Posso confiar nele?
— Ele confia em você.
— Sabe quem sou eu?
— Um filho, como todos nós.
— Mais um, apenas.
— Nenhum filho é menos importante para Deus. Nem menos amado.
— Meu destino é errante.
— Destino é uma variante secularizada de Deus.
— Eu não sou ninguém.
— Nunca vi um ninguém que fala.
— Sou apenas enquanto falo. Calado, desapareço.
— Se você procura respostas, estão todas no Livro Sagrado.
— Ainda não sei o que perguntar.
— A dúvida é o primeiro passo para longe da tutela divina. É o desejo do Diabo. Eu também já estive perdida. Tive todos os motivos para desistir.
— Sinto-me sem motivos para nada. Até mesmo para desistir.
— Não há nada pior do que perder um filho. Não dê esse desgosto a nosso Pai.

— Como é possível perder o que não possuo?

— Muitas vezes, me deixei perder na vida. Antes de me encontrar e antes de encontrar Deus. Eu tive uma filha. A menina mais linda do mundo. Éramos uma família perfeita. Fomos uma família perfeita por oito anos. Você tem ideia do que é viver a perfeição divina a cada segundo da sua vida, a cada sorriso, a cada gesto de carinho? Bastava ouvir a respiração da minha menina dormindo para eu me sentir plena. Contudo, Deus me reservou uma provação. Eu não O conhecia bem àquela época, estávamos distantes. Minha filha, porém, O encontrou debaixo do forro do armário de roupas, onde meu marido O escondera durante oito anos. Deus se apresentou a ela, minha filha brincou com Deus. Desde então, ela dorme em paz.

— Como você pode confundir Deus com uma arma?

— Ele assume qualquer forma para nos redimir. Eu fiz por merecer Seu teste de fé. Meu marido não aguentou a culpa, caiu em pecado, falhou. Deus foi grande demais para ele. Eu aguentei firme. Sofri, mas me mantive de pé. Sabe por quê? Por Deus. Eu também O encontrei. Para mim, Ele apareceu na forma de uma ausência. Abriu-se uma cova para um corpo, mas eu escolhi plantar uma semente.

— Deus encontrou você.

— Ele está em todo lugar.

— Mas só uns poucos o veem.

— Rezo pelos jovens, eles estão todos perdidos. Veja o jornal de hoje: tragédia na madrugada, casal sofre violento acidente de carro. Mais uma notícia entre tantas iguais. Bebida, irresponsabilidade. Numa rua de bairro, acredita? Pertinho daqui. A mulher morreu na hora, o motorista está foragido. Trinta anos, enfermeira no Hospital Municipal. Carbonizada. Uns amigos a reconheceram. Do namorado, ninguém sabe. Que Deus o proteja.

— Preciso me redimir da culpa.

— Aceite-O. Não há morte mais horrível do que uma vida desperdiçada. Foi lhe dada uma nova chance.
— Não compreendo. Como é possível?
— Você não precisa compreender. Basta ter fé.

Sirenes. Polícia.
Preciso fugir. Ainda.
Até quando?
— Vou rezar por sua alma.
Para cá ou para lá?
Para cá ou para lá?

*Deus está morto.*
— Deus é a procura!
*Existe?*
— Não mais. Nenhuma alternativa?
*Não existem alternativas. Existe apenas a escolha.*
*Você já desistiu antes mesmo de começar.*
— Não aguento isso. Como fazer para a salvação vir até mim?
*A religião é um apanhado de histórias a que muitos decidem dedicar sua fé.*
— Deus é uma invenção? Por que inventaríamos uma mentira dessas?
*Para afastar a solidão.*
*Para ignorar a mortalidade como finitude.*
*Para alimentar alguma esperança.*
*Porque pensar traz inquietações demais.*
*Porque não existem respostas satisfatórias.*
*Porque a vida não cabe inteira em palavras.*
*Então, existem deuses. Como a poesia.*
— Como saber se é verdade?
*A verdade, fui eu que escrevi.*

— Eu preciso de um ponto final.

*Você pode falar para existir. Pode existir enquanto fala. Você pode silenciar.*

— E depois? Estou condenado ao Inferno?

*O destino, fui eu que inventei.*

— Como posso escapar?

*Todos fogem, ninguém escapa.*

*Você pode se esconder por dez anos numa caverna nas montanhas.*

*Pode viver sozinho para sempre.*

*Homem, você pode correr. Mas também há vida à sua frente.*

**DESTINO**

Dois aviões cruzam o céu, quilômetros acima do viaduto.
Os carros velozes. Um deles na contramão.

Para lá ou para cá?

Um copo caindo lentamente. O outro ainda na mesa do bar.
A cerveja, o sangue, o óleo. O fogo se espalhando pela lataria.

O lixo, um trapo para cobrir as costas. Uma caverna onde me esconder.
Um cachorrinho suspirando tranquilamente ao lado.
*Os animais não têm deuses.*

Olhos de leão. Uma deusa?
Uma menina observa meu sono.
Então, o espanto: ela me oferece o revólver.
*Não existem alternativas. Existe apenas a escolha.*
É tudo tão pesado!
O tiro ecoa a voz do Louco.

Nada é por acaso.
O homem desfalece. Um maltrapilho se levanta.
Calça azul, camisa branca.

Tomo uma das mãos da menina. A valise na outra.
Para lá ou para cá?
Rumo ao horizonte.

O cachorrinho vem conosco.

# Museu de Arte Efêmera de Lethe

Uma gota de chuva me caiu na mão
extraída do Ganges e do Nilo,
[...]
Alguém se afogou, alguém que morria te chamou.
Foi há muito tempo e foi ontem.
[...]
O que quer que, quando quer que, onde quer que
se passou, está escrito na água de babel.

WISŁAWA SZYMBORSKA, *Água*

A palavra grega lethe significa esquecimento. É também o nome de um rio do Hades, cujas águas dissolvem a história de quem as bebe.

>Chega-se com sede
>ao Hades?

O termo oposto a lethe é aletheia, que significa verdade. Ou significou, um dia.

>Verdade é o que
>sobrevive na memória?
>Enquanto
>a não verdade
>perde-se, não se sustenta
>desaparece nas águas
>obscuras do rio?

O rio corre e sua imagem remete ao tempo.
Dizem que nunca se atravessa duas vezes o mesmo rio.

Dizem que o rio tem uma terceira margem.
Dizem que fura de tanto bater.
Dizem. Dizem.
Dizem.

    O que resta daqueles
    navegantes, alguma lembrança?

Lethe é também o nome de um vilarejo nas montanhas do Nepal. Onde imaginamos um museu de arte efêmera.

**LEMBRE-SE**

Um espaço amplo, vazio, escuro.
Cinzas espalhadas por todo o lugar.

Um zelador. Semblante triste. Gesto determinado.
A faxina a ser feita. Vão-se as cinzas, a borra, os ossos dos mortos.

Um museu de portas sempre abertas. Entra o rio Lethe.
Ele traz uma chaleira. Acende o fogareiro. Põe a ferver o chá.
O rio passa. As águas ficam.

As portas, sempre abertas. Chegam os visitantes.
Um menino de sete anos. Uma menina com cinco. Irmãos.
Dois passageiros de metrô.
Uma mãe solteira.
Vão ao fogareiro e servem-se de chá. Ficam em volta do fogo para se aquecerem.
É do fogo que as narrativas se alimentam. É no chá que as memórias se afogam.

Vem Zakhor, inquieta.
Sua missão é salvá-las do esquecimento.

ZAKHOR
Não é possível que ninguém se lembre da criança
É impossível, não é verdade
Eu não acredito
Uma menina tão bonita
se afogou no rio
Alguém há de lembrar

Nem faz tanto tempo assim

>VISITANTES
>Foi ano passado, semana passada, ontem à noite, hoje pela manhã
>logo após o café

Alguém há de lembrar
>Minha menina
>não, minha não, era sua
>sua menina
>Tão linda

Como pôde se afogar assim?
Desaparecer de forma tão trágica
aos olhos de todos
>Ninguém viu
>Nós ouvimos dizer
>Alguém trouxe a notícia
>Quem foi? Já não me lembro
>Um qualquer, não importa

Saiu em todos os jornais
>Era uma criança tão meiga
>Ninguém poderia esperar uma coisa dessas
>Dela não
>Tinha um futuro incrível pela frente
>Queria ser piloto de avião
>Sonhava com a medicina
>Mal via a hora de brilhar num palco
>Trabalhar na empresa do pai, continuar o legado da família
>Coitada

Afogou-se
Ninguém se lembra dela

Eu não me lembro
Era crescida, já. Cursava faculdade de veterinária
Psicologia
Matemática
Era ainda uma criança
Eu não me lembro direito
Ela estava no prédio quando desabou
Foi bombardeado por tropas inimigas
Talvez tropas amigas, eu não me lembro direito
Um incêndio
Cinzas por todo o lugar,
sobre as pessoas
Foi o que me disseram
A criança desabou com o prédio e a família inteira
Menos a mãe, que tinha ido até a farmácia
Sentia dores de cabeça muito fortes
Sentia náuseas
Medo, ela sentia muito medo
Estava grávida da criança
Estava grávida de duas
Quando voltou, o prédio tinha sido posto abaixo
Não, o prédio estava em cima da família inteira dela
Isso mesmo
Eu não me lembro bem
Foi algo assim
Eu imagino
Sobrou apenas a mãe
removendo pedra por pedra
Queria reencontrar a família
Enterraram os mortos por ela
Isso não se faz
de maneira alguma

       Onde está a ética? Não se faz
       guerra como antigamente
       Onde está essa criança? Nunca mais soube dela
Ela escrevia o nome de seus familiares no que restou do muro
na parede
O que restou do mundo
que desabou
Não é possível que vocês não se lembrem
          Os cartazes estão colados nos postes
          As fotos circulam nas redes sociais
          "Desaparecida"
          é o que dizem as legendas
          Foi vista pela última vez retornando do trabalho
          Tarde da noite, numa via escura
          Pai e filhos e parentes agradecem a ajuda
          Se vocês puderem compartilhar
Compaixão
          Qualquer informação que leve ao reencontro de mamãe
          será recompensada como for possível
          Que terá acontecido a ela?
Vocês não se importam?
Não conseguem se lembrar?
          Percorria o mesmo caminho todos os dias
          No mesmo horário de todos os dias
          Com a mesma insistência
          e instinto de sobrevivência
Perene como um rio
Caudalosa
          Até um dia, talvez
Desaguar em outro rio
violento
          É uma hipótese

Vocês não se lembram mesmo?
    Nada mais
Não é possível
que fiquem à margem dessa história
quando as águas não param de subir
    Era uma menina, não era?
Ela se afogou no rio
    Não, ela morreu arrastada pelos pés
    Pelos cabelos
    Pelos policiais
    Amarrada numa viatura, você se lembra?
    Eu não me lembro bem
    Era só uma criança
    Sua
    Minha, se me lembro direito
    Perdida
    Uma bala perdida
Como é possível alguém
perder uma coisa dessas
e não se dar conta?
Ninguém
    Não lembro, não tenho certeza
    Não pode ser verdade
    Eu me lembro! Ouvi dizer
    Era uma criança linda
    Cheia de vida
    Deu um salto no vazio, caiu nos trilhos
    um segundo antes de o trem passar
    Falaram muito dela
    Atrasou a vida de muita gente
    Chegamos todos atrasados no trabalho
    fomos descontados em folha

Virou desculpa
Sinto muito
os compromissos não esperam
A vida passa num átimo
Ninguém tem tempo a perder
Mais um qualquer que pula no metrô
Bem na hora do rush
Mais um inconveniente desta cidade tão viva
Tão cheia
Como vocês podem se esquecer?
Foi uma tragédia
Comoção popular, o mundo inteiro comentando
Recebi mensagem no grupo
Spam
Como deixar passar uma coisa dessas
e mudar de assunto em seguida?
Após um breve intervalo comercial
Como pensar em outra coisa?
A criança sonhava ser outra
Uma menina, com certeza
Não sei
Não faço ideia de quem você está falando
Não pode ser verdade
Afogou-se tão jovem
Desapareceu
Foi levada pelo padrasto
Foi fazer negócios na China
Trabalhar num bordel de Bordeaux, muito chique
Experiência internacional
Foi ostentar a vida
Escrava sexual, acredita?
Existe isso

      O mundo é rico, pode pagar
Uma criança linda
    Nem era tão linda assim
    Era meio gorda
    Imensa
    Não cabia nos padrões
      Chegava e todo mundo logo dizia:
      que enorme!
    A terra treme sob seus pés
Não, não era bem assim
    Quem tremia era ela
    Tinha medo, chorava às escondidas
    Tinha um coração gigante
    Adotou um cachorro abandonado na rua
    chamava-se Algodão-Doce
    Todo estropiado, o Algodão
    Muito dócil
    Eu já não me lembro bem
    Acho que era preto
    Malhado
    Branco
    Caramelo
    Não importa
Importa
    Era o xodó da criança
    Um doce de cachorro
    Não ligava para o tamanho dela
    Há cães de todo tamanho
    São todos cachorros dóceis quando o dono também é
    Foi o que me disseram, nunca tive cachorro
    Nunca tivemos animal de estimação
    Ao menos, não que eu me lembre

Como é possível não lembrar?
    Algodão-Doce era uma fofura
    Muito amável
    A dona comeu Algodão-Doce
    Sim, um dia ele sumiu
Desapareceu
ninguém podia encontrar
    Foi o que disseram
    Ela comeu o Algodão-Doce!
    Rimos dela
    Rimos bem alto
    Rimos com a boca cheia
    Não tenho certeza, acho que foi assim
Um dia depois, ela também sumiu
    Talvez uma semana depois
Talvez uma vida
desapareceu
ninguém percebeu
Como pode ser verdade?
    Uma pessoa grande daquele jeito e ninguém notou?
    Rá, rá, rá
    Quem percebeu foi o cachorro
    Algodão-Doce voltou
    Tinha ido até a esquina namorar, fazer xixi, demarcar território
    Encontramos ele latindo
Na beira do rio
    Latia alto, depois uivava
    Foi assim que soubemos
    Foi como entendemos o acontecido
    Se me lembro direito
Como é possível deixar de lado

      um assunto quente como esse?
      Trending topic
Agora não mais
      Você não se lembra?
      Também, depois de tanta pancada
      a memória não é mais a mesma
      Olho roxo, boca torta, costela quebrada
      Ela sim dava o sangue pelo casamento
      Estava certíssima, ora
      Hoje em dia, as mulheres desistem fácil demais
      O que é um tapa de vez em quando?
      Só um tapinha não dói
      Um murro, pontapé, estocada de canivete
      em pontos do corpo que ninguém vê
      A barriga é fácil de cobrir
      Com uma blusinha decente,
      dessas que as putas não usam
      Decente, tá entendendo?
Quem atirou a primeira pedra
e quem continuou a atirar as demais?
      Ela merecia
      Fez por merecer
      Já não me lembro bem o quê
      Depois de tanto chute na cara
      Mereceu, não tenho dúvidas
Ninguém duvida?
      A sociedade é muito justa nesse quesito
      Em outros também, mas não vêm ao caso agora
      Nada como um júri popular
      Fato é que feridas cicatrizam
      A gente esquece
      O roxo fica amarelo

      depois fica verde, depois fica
      pronto para receber uma nova lição
      Falamos muito disso na época
      Mulher de malandro adora apanhar
      Uma tragédia, sem dúvida
      Eu tenho quase certeza
      Já não me lembro bem
daquela criança linda
Quantos anos tinha?
Um bebê ainda
foi levada até lá
      Não, ela foi atirada
      Tenho certeza
      Pela janela
      Pelo pai
      Pela madrasta
      Gata borralheira
      Caiu de pé
      Que incrível
      Verdadeiro espetáculo
      saiu em todos os jornais
      Teve julgamento televisionado
      Pipoca, seriado
      temporadas de reclusão
Como é que vocês não se lembram?
      Ficaram presos, saíram logo
      eram pais bem-comportados
      Encapetada era a criança
Mergulhou no rio
nunca mais voltou à tona
Nenhuma recordação?
      Sério?

Planejou a morte dos pais
Ela e os irmãos queriam o dinheiro da herança
Sufocaram os velhos com seus travesseiros de plumas de ganso
Depois receberam tudo o que mereciam
A justiça de Deus
Para quem acredita nela
Para quem acredita em qualquer justiça
Abriu o coração, converteu-se em santa
Já ouvi essa história antes
É o que dizem os jornais
a quem acredita neles
Há quem acredite?
Eu já não tenho tanta certeza assim
Você há de lembrar
das crianças inocentes
A inocência não existe mais
afogou-se no rio
ninguém se lembra?
Façam um esforço, por favor
Não tenho certeza
Acho que sim
era uma criança como todas as outras
Dizem: são todas iguais
Não era
Era uma criança diferente
Diferente de todos
Apontávamos e ríamos e dizíamos na cara dela:
você é diferente!
Não é como nós, tem olhos puxados
Pele amarela
Come peixe cru

    Agora ela não existe mais
    e nós comemos peixe cru
    Eu adoro comida japonesa
    A cultura japonesa é incrível
    eles são muito avançados
    Fazem tudo pequeno e funciona
    Fazem melancia quadrada para caber na geladeira
    Vivem encaixotados em armários
    Não existe espaço vago
    Vi outro dia num canal do YouTube
    numa série meio documental
    Só tem arroz e videogames no Japão
    E japoneses e japonesas
    Não era japa, era chinesa
    Ah, então tudo bem
    Tem chinês demais no mundo
    Coreana
    Sei lá, são todos iguais
    Tanto faz, não importa
Importa
é claro que importa
    Ela já não existe mesmo
    Tenho certeza de que não existe
Afogou-se no rio
    Não tenho tanta certeza assim
    Já não me lembro bem como aconteceu
Quer uma ajuda?
    Um dia, ela não apareceu na escola
    Isso todos nós percebemos
    Claro, ela sentava na primeira fila
    CDF do caralho
    Puxa-saco de professor

Era muito quieta
 Ficava no canto
 não conversava com ninguém
 Era quieta mesmo, um fantasma
 Assombrava o fundo da sala
 Ficava lá no fundo, encolhida
  onde ninguém podia olhar para ela
  Nem apontar ou rir
Não apareceu na escola um dia
não apareceu no segundo
a notícia chegou só no terceiro dia
  Uma semana depois, não foi?
  Foi na mesma hora
  as notícias chegam muito rápido
  Notícia ruim voa
  Ficamos todos em silêncio
  Igualzinho ela fazia
Um silêncio profundo
  Hastearam a bandeira a meio pau
  O diretor falou que era uma pena
  Ninguém sabia a quem ele se referia
Ninguém conhecia direito a menina
  Sabe do que estamos falando?
  Era jovem demais
  Isso sim, jovem como todos nós
  Igualzinha a nós
  E permaneceu jovem
  pendurada pelo pescoço
  ainda com uniforme escolar
  Matam-se por qualquer motivo, agora
  Aqui não
  aqui houve só o caso daquele menino

>    como era mesmo o nome dele?
> Saiu para namorar, afogou-se no rio
> Não sabia nadar em águas tão traiçoeiras
>> Ele saiu para dançar
>> queria muito dançar fora de casa
>> Estava de mãos dadas com outro menino
>> A agressão começou com uma lâmpada
>> dessas tubulares, com pó branco dentro
>> Um perigo, aquele pó
>> É venenoso, dizem
>> Essas lâmpadas nem existem mais, agora é tudo LED
>> Então as tragédias já não acontecem
>> É o que estão dizendo nos jornais
>> pegaram o menino para dar uma lição
>> O que estamos ensinando às nossas crianças?
> O corpo foi encontrado boiando
> encalhou na margem do rio
>> O sangue correndo solto
>> O carro ficou lá parado, no meio da rua, crivado de tiros
>> Duas crianças mortas
>> uma terceira sobreviveu
>> Foi o que disseram
> Alguém se lembra dela?
> Sabe onde está?
>> O carro ficou lá encalhado
> no meio do Rio
>> Num banco de areia
>> Numa pilha de dinheiro
>> Num acumulado de ódio
>> Interesses escusos
>> Vingança
>> Quem puxou o gatilho?

Saiu em todos os jornais
    Agora já não me lembro ao certo
    Parece que junto morreu um amigo, motorista
Morreram milhares de outros
que acreditavam nela
que deram a ela um voto de esperança
    Foram todos assassinados juntos
    com dúzias de balas
Um apanhado de selvageria
Duas crianças tão jovens
quem matou?
Inúmeros inocentes, ingênuos
afogados em mágoa e ilusão
tentando bater os braços para não afundar
no rio de lama
    Como se fosse possível nadar na lama, alcançar a margem
    Quando rompe a barreira não há salvação
o rio se transforma num mar
de dejetos, resquícios, sobras
    da exploração sem-fim
Atravessa a vida de todos
mas quase ninguém percebe
quase ninguém se lembra
    Acho que me lembro de uma história parecida
    Encontrei outro dia um recorte de revista
    uma cidade inteira submersa
    dezenas de mortos
    sem nome
A criança
Mariana
afogou-se no rio

Encontraram seu corpo no oceano
a centenas de milhares de quilômetros
inerte
Tão jovem
      Mariana não
      Chamava-se Marielle
      Chamava-se Maria, não?
      Santa Maria
      onde o inferno ardeu
      Nossa, isso já faz muito tempo!
      Nem importa mais
Onde estão nossas crianças agora?
Não estão nos parques, não estão na rua
Não estão brincando
em lugar algum
      Nós ainda temos crianças?
      Já não me lembro,
      faz tanto tempo...
      Mas é claro, as crianças estão na escola
      sendo educadas
Morrendo aos poucos
      aprendendo tudo o que não podem fazer
      São crianças amestradas, umas graças
      Muito vivas
      Certamente
      Correndo em todas as direções
Sempre na direção do rio
ainda que não saibam
      Ninguém nunca sabe
O rio é um perigo
ninguém se lembra do que aconteceu
nem do que pode acontecer.

**DEJETO**

— Cutuca logo, vai.
— E se não estiver morta?
— É claro que está.
— Como você sabe?
— Eu sou mais velho. Eu sei.
— É minha varinha da Hermione. Eu não vou encostar nisso aí.
— Não vai estragar.
— Então, empresta a sua.
— A minha é de colecionador, custa cinco vezes o preço da sua. Em dólares!
— Ué, não vai estragar.
— Se não cutucar, como a gente vai saber que a água está envenenada?
— Você acha que isso aí bebeu e morreu?
— Se for veneno, a gente tem que nadar de boca fechada.
— Não vamos nadar!
— Não está verde que nem nos desenhos. Pode ter se afogado.
— Pode ter sido comida por um peixe gigante e depois vomitada aqui.
— Isto aqui não é mar, é uma represa. E não é história de criancinha. Aqui não tem peixe gigante.
— Pode ter sido vomitada no mar e veio boiando até aqui.
— É o rio que desce até o mar, não o mar que sobe o rio. Você não presta atenção nas aulas?
— Não tive essa matéria ainda.
— É só você pensar: o mar é salgado, o rio é doce. Se o mar escorresse no rio, ele também seria salgado.
— Se o rio caísse no mar, o mar seria doce!
— Sal é mais forte que açúcar. É por isso que a gente come a sobremesa depois.

— Hã?
— Cutuca logo, vai. Sem varinha.
— Não vou encostar nisso aí não.
— Medrosa.
— É você!
— A gente precisa resolver isso pra nadar.
— Você prometeu pra mamãe que só ia brincar na beiradinha.
— Eu sei nadar. Vamos procurar um galho.
— A gente devia falar pra mamãe.
— Ela tem coisa mais importante pra fazer.
— Mais do que isso?
— Mais. A gente devia procurar um jornalista.
— Você conhece um?
— Aqui no condomínio deve ter. Aquela ruiva da novela tava assinando autorização na portaria. Foi a mãe que disse.
— Eu não achei nenhum galho ainda.
— Continua procurando. A gente devia filmar com o celular, postar no YouTube, aí o jornalista vinha procurar a gente.
— Pra quê?
— Pra fazer entrevista. Foi a gente que encontrou ela primeiro.
— A gente ia ficar famoso.
— Pena que a mãe não me deixou trazer o celular.
— Você ia derrubar na água de novo.
— Na piscina, foi sem querer. E tem piscina e privada em casa, então lá também não é seguro.
— Nenhum galho. Desisto.
— Cutuca com a mão mesmo.
— De jeito nenhum! Vou pegar doença.
— Você perdeu no par ou ímpar.
— Eu disse que queria ímpar.
— Eu sou mais velho, eu escolho primeiro. Agora, cutuca.
— Quantos anos você acha que ela tem?

— Tava no máximo na segunda série.
— Tudo isso?
— Tem um pouco menos do que o meu tamanho.
— Certeza que não conhece ela?
— Lá na escola não tem ninguém com o cabelo enroladinho assim.
— Parece trombadinha. Será que pulou o muro?
— A mãe já disse mil vezes pra gente não falar essas coisas na frente dos outros.
— Mas ela tá morta.
— Ainda não temos certeza, você não cutucou. Deve ter sido a chuva de ontem.
— Será que veio de muito longe?
— Acho que sim. Tá cheia de lama.
— Como a gente vai descobrir a mamãe dela?
— A gente vai filmar e postar na internet. Alguém vai ver e marcar ela. Vou buscar o celular. Não sai daqui.
— Eu vou junto.
— Não, você corre muito devagar. Espera aqui.
— Você prometeu pra mamãe que ia cuidar de mim!
— É só você não sair daqui.

— Oi, menina. Eu sou a Alice. Qual é o seu nome? Que diferente! Eu também queria ter um nome assim. Tem quatro Alices na minha classe. Desculpa ter chamado você de trombadinha. Minha mãe disse que a gente só pode falar preconceito quando não tem ninguém por perto. Você mora onde? Nossa, verdade? Como você chegou na chácara do vovô? Vim aqui passar uns tempos. Eu queria muito mesmo era morar em Hogwarts e ter aulas de magia. Na minha escola, só tem português, matemática, ciências, geografia, história e ioga e expressão corporal. E inglês. Eu queria mesmo era ter uma capa invisível para estudar ali e

**105**

ninguém ficar perguntando nada. Logo passa, não é verdade? Meu irmão disse que você se afogou na represa. Ele aprendeu a nadar, eu ainda não sei direito. Achei que era mais fácil. Por que você não fez natação? Não tem piscina no seu clube? Se tivesse feito, podia nadar melhor do que todo mundo da minha escola. Na festinha de formatura deste ano, vou de novo pra Disney. Minha mãe disse que vou aproveitar mais porque vou estar maior. Eu não sei... Nas outras vezes, papai estava junto. Se estudasse em Hogwarts como você, faria tudo num passe de mágica. Traria papai para morar de novo com a gente. Como você perdeu o tênis? Seu pé tá muito sujo! Se eu subir no sofá assim, mamãe dá uma bronca gigante. Outro dia, eu tirei o sapato pra brincar no jardim e mamãe disse que a princesinha dela não podia andar por aí de qualquer jeito. Se a sua mamãe deixa você andar descalça, é uma menina de sorte. Pois é! Seu cabelo parece muito com o da moça que trabalha lá em casa, o nome dela é Jeneci, você conhece? Vou perguntar pra Jeneci se ela conhece você. Ela fala de um jeito engraçado. A mamãe não gosta que eu conte muitas coisas pra ela porque nunca se sabe. Nunca se sabe o quê? Não sei, nunca se sabe! Mamãe também é engraçada, às vezes. Mas de um jeito diferente. E ela é muito brava quase sempre. Ontem, ela falou palavrão no telefone. Eu me escondi debaixo da escada, onde nenhum adulto me encontra. E ouvi. Meu irmão disse que era o advogado do papai que ligou. Ele disse que papai ia buscar a gente, mas não apareceu. Mamãe fez as malas rapidinho, saiu catando tudo das gavetas. E o seu, ainda mora com você? Eu queria perguntar quando o meu vai voltar de verdade, mas a mamãe não deixa porque vou deixar ele triste. Ele também não tem capa de ficar invisível. Até que você é uma menina legal! Quando meu irmão chegar, vamos juntar nossas varinhas e fazer você voltar a andar. Ou nadar. Daí, a gente pode até ser amigas. Qual é a sua feiticeira preferida? Que máximo, vai dar certinho pra gente brincar de Harry Potter, Hermione e Gina! Você sabia que o Harry Potter perdeu a mamãe e o papai quando era criança? A gente vai fazer de tudo para encontrar os seus, tá? Dá pra achar tudo na internet. O que é isso no seu bolso? Tá quase saindo. Aqui, ó, tá vendo? Não, obrigada. É. Tem certeza? Tá bem, dá aqui...

— Que triste! Foi você que escreveu?
— Você encostou nela!
— Não encostei!
— Encostou sim, eu vi! O que é isso?
— Nada. Um papel sujo. Vamos fazer o vídeo?
— A mãe não emprestou o celular. Ela tá a tarde inteira mexendo nele! Disse que alguém pode ligar e ela precisa atender.
— Você contou que é pra encontrar a mamãe da menina?
— Ela mandou a gente deixar isso aí e voltar pra casa logo. O pão de queijo tá quase pronto. A Jeneci fez suco de laranja também.
— Tá bem. Tchau, Gina! A gente volta amanhã pra brincar com você. Vamos ficar um bom tempo na casa do vovô.

## AQUÁRIO

— SEGURA, SEGURA, SEGURA!
— OBRIGADO.
— DE NADA!
— CARALHO, FIZ DISPARAR O ALARME?
— NÃO, JÁ ESTAVA ASSIM QUANDO EU ENTREI!
— QUE MERDA.
— O QUÊ?
— EU DISSE: QUE MERDA DE METRÔ!
— É TUDO PRECÁRIO!
— NÃO TEM MANUTENÇÃO!
— UM PRIMO MEU TRABALHA NA CENTRAL. DISSE QUE LOGO MAIS, NADA DISTO AQUI VAI FUNCIONAR.
— COMO É?
— ME DISSERAM QUE É TUDO UMA MERDA!
— COM CERTEZA!
— UM ABSURDO O QUE FAZEM COM O CIDADÃO!
— E A GENTE PAGA POR ISSO. IMAGINE SE FOSSE DE GRAÇA.
— NÃO ENTENDI!
— EU DISSE: E OLHA QUE É PRIVATIZADO!
— MESMA MERDA!
— A CENTRAL DISSE QUE O ORÇAMENTO NÃO DÁ! TÃO NUMA BRIGA COM O GOVERNO. VI NA INTERNET!
— QUEREM MAIS DINHEIRO?
— VÃO SUBIR O PREÇO DA PASSAGEM!
— O POVO É MUITO BUNDA-MOLE. NINGUÉM FAZ NADA!
— VEM CÁ, COMO É QUE VOCÊ AGUENTA ESSE ALARME?
— VENDI MEU CARRO, NÃO TENHO OPÇÃO. LOGO VOCÊ ACOSTUMA TAMBÉM! LEVEI SÓ TRÊS ESTAÇÕES!
— DEVE FAZER MAL PRA SAÚDE!
— MUITOS DECIBÉIS.

— COMO É?
— NINGUÉM RESPEITA OS OUVIDOS DO CIDADÃO!
— GENTE HONESTA SOFRE NESTE PAÍS. E SE A GENTE APERTASSE O BOTÃO DO ALARME?
— O ALARME JÁ ESTÁ TOCANDO!
— É PRA VER SE PARA!
— ACHO QUE NÃO ADIANTA! NADA FUNCIONA AQUI!
— VI OUTRO DIA NA TV, A REDE TODA VAI DEIXAR DE FUNCIONAR. ESTÁ CAINDO AOS PEDAÇOS!
— FOI O QUE MEU PRIMO DISSE! COLAPSO!
— ELE TRABALHA NA TV?
— NÃO, NA CENTRAL!
— COMO É QUE AGUENTA?
— USA FONES DE OUVIDO!
— RÁ, RÁ. É UMA MERDA MESMO!
— UM DESCASO COM A POPULAÇÃO!
— EU NÃO AGUENTO MAIS. CADA DIA PIOR!
— E MAIS CARO!
— O POVO NÃO FAZ NADA!
— BANDO DE MUNDA-MOLE!
— CHEGAM AS ELEIÇÕES, VOTAM NOS MESMOS!
— OU NOS FILHOS DOS MESMOS.
— COMO É?
— OS FILHOS DA PUTA!
— SEMPRE A MESMA MERDA!
— VOCÊ JÁ TENTOU AVISAR UM FUNCIONÁRIO?
— NÃO VI NENHUM! NA HORA DE FAZER GREVE, APARECE UM MONTE, COM AQUELES COLETINHOS. MAS AJUDAR QUE É BOM...
— FILHOS DA PUTA!
— NINGUÉM FAZ NADA PELO CIDADÃO!

Uma menina distribui bilhetes sujos. Um para cada passageiro. Afasta-se, fica olhando os próprios pés. Descalços.

— A GENTE SÓ SERVE PRA PAGAR IMPOSTO!
— É TUDO SUPERFATURADO!
— VIU A NOVA DO CONGRESSO? NINGUÉM VAI EM CANA! AGORA, PULA A CATRACA PRA VOCÊ VER!
— VOCÊ TÁ É LOUCO!
— ESTE PAÍS É MUITO INJUSTO!
— NINGUÉM FAZ NADA PELO CIDADÃO!
— PODE FALAR MAIS BAIXO, JÁ ESTOU ACOSTUMANDO COM O BARULHO.
— NÃO DISSE?
— INCRÍVEL.
— AINDA ASSIM, É UM ABSURDO A GENTE TER QUE SE ACOSTUMAR COM A PRECARIEDADE.
— NIVELAR POR BAIXO.
— O QUÊ?
— EU DISSE QUE É UMA MERDA VIVER NA MERDA EM QUE TRANSFORMARAM O PAÍS!
— COM CERTEZA. DINHEIRO NÃO FALTA.
— NINGUÉM MEXE UMA PALHA PRA MUDAR.
— EU TENHO VONTADE DE FAZER A MALA E CAIR FORA.
— VIVER NUM PAÍS DE PRIMEIRO MUNDO, COM GENTE DECENTE.
— AQUI NÃO TEM MAIS SOLUÇÃO. TÁ RUIM DEMAIS.
— NÃO TEM CONSERTO.
— O QUÊ?
— NÃO TEM MAIS JEITO!
— O POVO SE ACOMODOU.
— PISOU NA MERDA E ABRIU OS DEDOS.

A menina volta e recolhe os bilhetes.

— BOM, JÁ QUE NINGUÉM FAZ NADA, VOU TRABALHAR QUE GANHO MAIS.
— TAMBÉM DESÇO AQUI. BORA LÁ.
— Bem melhor sem aquela barulheira dos infernos.
— Nossa, tá sentindo?
— Cheiro de aquário velho. É o rio.
— É cheiro de peixe morto no aquário, isso sim.
— Sempre foi nojento assim. Jogam todo tipo de porcaria lá.
— Ninguém faz nada. É um absurdo.
— Este país não tem mais jeito.
— É uma merda mesmo.
— Não é? Bom trabalho pra você.
— Valeu, boa sorte aí.

**TEMPORAL**

Aberto.
— Chuva, hein?
— Chuva demais. Todo ano esse caos.
— Fiquei ensopado só de cruzar a rua. Tudo por um café.
— E eu, cruzei a cidade. Pra servir o seu café.
— Mora longe?
— No Morro dos Remédios.
— Estão falando de lá agora, você viu? Aumenta o volume.

Estamos aqui com a tia da menina morta
Deslizamento de terra hoje cedo no Morro dos Remédios
Mais uma tragédia na temporada das chuvas
O nível do rio continua alto, as águas invadiram
Avó da pequena Isabel falará ao vivo com os nossos espectadores
O muro de arrimo não sustentou o peso da lama
Como você se sente diante dessa tragédia?
A casa improvisada onde moravam desabou
Há anos não se tem notícias do pai de Isabel
Você notou rachaduras nas paredes nos últimos dias?
Junto com a criança, faleceu também Dona Yayá, a vizinha que tomava conta dela
Dona Yayá, como era conhecida na comunidade
A mãe, Maria Marta, trabalha num café no centro da cidade
A cerca de vinte quilômetros
Como acontece todos os anos, nesta época
A enxurrada já arrasou diversos bairros da capital e a previsão do tempo não é animadora
A Defesa Civil registrou ao menos três deslizamentos de terra nesta madrugada

As inundações já provocaram prejuízos da ordem de
A procura pelas vítimas continua
Pelo menos oito barracos
Famílias inteiras perderam tudo o que tinham
Bombeiros usam cães farejadores, mas a instabilidade do local requer cuidados
As buscas foram interrompidas momentaneamente
Uma menina de apenas seis anos, vejam bem, seis anos!
Os vizinhos estão sendo encaminhados para abrigos da prefeitura
Uma das vítimas do deslizamento, a filha de Maria Marta completaria sete anos
A história não cansa de se repetir
Dois corpos já foram encontrados soterrados
A Defesa Civil isolou o local
Difícil acesso
Estamos aqui com
Conte para nós, como é que você se sente diante
O acesso ficou prejudicado
A ineficiência do poder público mais uma vez faz suas vítimas na região
O que você tem a dizer aos nossos espectadores?
As chuvas de verão
Somente a criança e a vizinha estavam em casa no momento do acidente
Testemunhas afirmam que uma das vítimas foi levada pela enxurrada
Maria Marta saiu por volta das cinco e meia da manhã para abrir o café no centro
Nossa reportagem já havia denunciado o perigo das construções irregulares
Estamos aqui com

Como é que você se sente?
Como é que você
Como é que
Nossos repórteres investigam o uso indevido de dinheiro público
O Governo Federal afirma ter repassado milhões de reais para
Foram cerca de quinhentos milhões somente para reforço da infraestrutura
Obras emergenciais
Os municípios da região mais afetada pelas fortes chuvas que atingem
A cidade tem neste momento cerca de vinte áreas alagadas
A polícia aconselha que turistas e curiosos evitem a região
Ainda há riscos de quedas de barreira
A Polícia Rodoviária alerta os motoristas
Estamos aqui com
Um caminhão foi arrastado
As imagens mostram a força da correnteza
Estamos aqui com
Estamos aqui com Gisela
Estamos aqui com Roberta
Estamos aqui com Conceição
Estamos aqui com Neide Aparecida de Souza
Estamos aqui com
Estamos aqui com o Wilson, tio do pequeno
Estamos aqui com familiares das vítimas
Estamos aqui com o pai, senhor Adalberto
Estamos aqui com
Estamos aqui com Adalgisa Pereira
Estamos aqui com Maria Marta
Estamos aqui com Julia Nascimento

Estamos aqui com Jeneci
Estamos aqui com
Estamos aqui com
Estamos aqui com Paula de Andrade
Estamos aqui com dona Cleide Assunção, conhecida como
Estamos aqui com
Estamos aqui e logo vamos
Estamos aqui para
Estamos para
Para
Para

**ESQUEÇA**

Um museu. As portas sempre abertas.
Ainda que se fechassem, as águas o invadiriam pelas frestas.
Subiriam pelos ralos, eclodiriam pelas infiltrações.
Desceriam, devagar, pela garganta.

ZAKHOR
Olhem quem vem lá, com suas vias tortuosas:
o assassino de nossas crianças! O verdadeiro responsável
pela infelicidade que deságua em nossas vidas rasas.

>LETHE
>Vocês se enganam se pensam que sou eu o culpado.
>Desde que nasci e pela primeira vez corri
>tracei caminho que não posso mudar.
>Meu trajeto está marcado e é quem determina o meu destino.
>Não existe pena mais grave do que um passado
>que não permite imaginar futuro diferente.
>Esta reminiscência que relembra a todo instante o que sou
>e tudo o que jamais poderei ser.
>É pelas águas que rolam e acumulam dejetos nas curvas da vida
>que ofereço aos humanos sedentos um copo de esperança.
>Eles sim podem esquecer o que foram
>para abrirem caminho ao que virá
>basta beberem a água de Lethe.
>Ofereço as águas do esquecimento
>que lavam a alma das suas aflições vulgares.

ZAKHOR
Você leva não apenas os mortos
mas também as memórias, imprescindíveis
para que a história não se repita.

    LETHE
    Eu nada faço senão manter o fluxo da vida que deságua na morte.
    Não tomo partido de uma margem nem de outra, minha via é o centro.
    Ofereço, enfim, continuidade a quem não resta nenhuma.

ZAKHOR
Como pode manter o rumo de tamanha tragédia
quando a realidade afunda nos seus próprios excessos?

    LETHE
    Há quem me queira lento ou veloz, justo ou traiçoeiro, raso ou profundo.
    São todos livres para fazerem suas escolhas
    e virem até mim matar a sede, seja do tamanho que for.
    Além do mais, não vejo excesso
    porque o excesso pressupõe um limite transbordado
    e mesmo que todos venham a mim
    minhas águas bastarão.

ZAKHOR
Lentas ou velozes, suas águas têm ainda uma direção.
Por mais que você insista em não pender à direita ou à esquerda

a neutralidade permanece um delírio. Existe uma terceira
margem
   habitada por aqueles que se supõem neutros
   e que não percebem que a indiferença é também um lugar.

   PASSAGEIRO
   É muito fácil acusar o outro
   de não agir.

   PASSAGEIRO
   Nós já fazemos tanto!

LETHE
   Vocês esperam de mim a salvação
   porém nada tenho com o domínio dos homens e das
mulheres.
   Quem vem à beira do rio já chega afogado em demasiada humanidade.
   Se não posso ser indiferente, ofereço uma dádiva:
   a possibilidade de fazer as águas rolarem por debaixo
da ponte
   sem que nada volte à tona.

ZAKHOR
O esquecimento não é a solução. Alguém há de lembrar
e fazer história para manter vivo aquilo que se foi
afogado, apesar de tudo. Os aqui presentes
tenho certeza, mesmo com grave pesar
escolherão dispensar sua oferta, pois resta a eles
o compromisso com os demais. A responsabilidade
pela história comum que não pode ser esquecida
para não se repetir jamais.

MÃE
Não quero esquecer minha filha
porém o vazio é insuportável
neste buraco que os bombeiros abriram em meu peito
a golpes de pás e picaretas
imenso como uma caminha de criança.
Se eu pudesse esquecer, ainda que os demais me acusassem
eu abandonaria a lembrança, pesada e triste demais
para cruzar o rio sem que ela me arraste
às profundezas da eternidade.

LETHE
A história não cansa de se repetir, mudam apenas os atores
em seus personagens anônimos; o rio corre sem sair do lugar.
Você, Zakhor, deveria compartilhar com eles a sua história
e deixá-los escolher por si mesmos, não pelo que devem aos outros.

Sim. Você se cala porque não tem história própria a compartilhar
sua existência é feita apenas dos lamentos destes que alicia.

ZAKHOR
Minha sina de não ter nascente

como um ponto passado que sirva de referência
é também minha missão de prezar pela memória alheia
e não deixar que se apague.

> MÃE
> Você nos usa! Recolhe nossos lamentos
> para manter a própria duração.

LETHE
Uma missão hipócrita de atiçar a memória dos mortos
e a dor dos sobreviventes
para alimentar a chama da sua vitalidade.

> PASSAGEIRO
> Por acaso também provoca as tragédias
> para ter mais histórias a contar?

ZAKHOR
Não é verdade! Nenhum poder tenho sobre o seu destino.
Posso apenas cuidar para que suas luminescências não apaguem.
Quando a escuridão chegar, todo humano terá em mim sua humanidade preservada
pois ela só existe enquanto a memória e a história sobrevivem à própria morte.
Se viver é insuportável, vocês têm ainda uma dívida com os demais.
Precisam manter vivas as memórias de cada um, e elas servirão a todos.
Um débito do indivíduo com a coletividade que partilha.

MÃE
Estou sozinha na dor. Não reconheço nem assumo dívida alguma
feita por você em meu nome. Se a água de Lethe confortar meu vazio
já me bastará.

ZAKHOR
Vocês não podem esquecer o passado
nem ignorar a sabedoria que ele contém!

MENINO
Podemos e vamos!

ZAKHOR
Beberão de Lethe para apenas afagar a sede individual?
Não acredito que sejam tão egoístas!

LETHE
Nem a presença viva ou a história recontada assegura
a imortalidade.
Elas apenas testemunham a fragilidade da existência
e o esforço de lamentá-la.

ZAKHOR
As memórias precisam sobreviver ao tempo que corre
e serem exibidas como exemplo nas salas vazias deste museu
de maneira que a vida possa vir a ser diferente
apenas ecoando o que já foi um dia.

MÃE
Não existe a vida como foi ou como será
existe apenas a minha sina, como ela é
e já não a quero mais assim.

MENINA
Quero continuar como era antes de chegar perto do rio.

PASSAGEIRO
Desejo a vida tal como sempre a imaginei
nada menos do que isso.

ZAKHOR
Vocês não podem esquecer e calar pela segunda vez os vencidos.
É preciso soprar as brasas e fazer arder de novo
essa tensão entre presença e ausência
que a memória habita. Tudo já está perdido,
restam apenas as palavras que narram o passado
na medida em que assinalam a sua falta. É preciso cantar
a poesia que mantém a memória dos heróis e dos horrores
assim como o monumento funerário erguido sobre o túmulo
dos nossos mortos queridos. Monumento e palavra se revezam
na vigília contra o poder de desaparecimento.
Evitem esquecer os mortos e negar o crime
que legitima o desaparecimento de outras vidas.
É preciso transmitir o inenarrável
manter viva a memória dos anônimos, ser fiel aos mortos
que não puderam ser enterrados, pois foram tragados
pelo rio do esquecimento.

LETHE
A história é feita de lacunas. Algumas se devem às falhas do tempo
outras são aleatórias, incidentais, porém a maioria tem o seu propósito.
Se os homens é que fazem a história, por que haveriam de escolher
o caminho infeliz?

MÃE
Eu renuncio às lembranças das nossas crianças
para continuar a viver em paz. Escolho esquecer para afogar a dor.
Minha humanidade nada significa se não posso exercê-la.

PASSAGEIRO
Escolho beber a água de Lethe e seguir o curso da vida
no rio do esquecimento. Já é tarde, de qualquer maneira.

LETHE
Você, Zakhor, que bebe das histórias alheias
jamais poderá acusá-los mais uma vez de egoísmo.
Voltará à condição de entidade sem passado
lampejo de memória sem sentido.

Um menino de sete anos. Uma menina com cinco.
Dois passageiros de metrô.
Uma mãe solteira.

Escrevem cada um o seu lamento, que amassam e mergulham nas canecas de chá.

É do fogo que as narrativas se alimentam. É no chá que as memórias se afogam.

ZAKHOR
Não peço por mim, não desta vez
mas por todos vocês que condenam o mundo
a reviver o fado de cada um. Somente uns poucos fazem a história
os demais estão destinados a ela, abanam a cabeça quando é narrada
concordando como se abanassem o rabo. Vocês assumirão
papéis predeterminados? Não peço uma grande narrativa
mas um apanhado de detritos
rastros e restos menores, com alguma sensibilidade
e um traço de ética. Preferem repetir a desolação
no lugar de recontar a história? Apagar os vestígios
ignorar ou desconhecer, fazer questão de não saber
fingir que não sabem, denegar, desvalorizar, desqualificar.
As formas de esquecimento são várias.
Sem história, a vida é sempre a mesma
o clichê a imprimir nos homens
sua reles humanidade. Não é possível
que ninguém se lembre da criança morta
tão bonita, que se afogou no rio. Alguém
há de lembrar, nem faz tanto tempo assim.
Minha menina, como pôde desaparecer
aos olhos de todos? Ninguém tem nada a dizer?
Nada a manifestar a respeito? Digam agora
ou calem-se para sempre.

PASSAGEIRO
Nós preferimos calar a boca da história
a manter aberta tamanha ferida
que fede. Como fede!

PASSAGEIRO
Jamais estancará.

ZAKHOR
Não façam isso, eu imploro
pela faísca de esperança que resta.

MÃE
Melhor esquecer o passado recente
a perecer com a dor pela eternidade.

PASSAGEIRO
A escolha está feita.
Um brinde à nova vida!

Ao redor do fogareiro, bebem o chá num só gole.
Matam a sede com as águas de Lethe.

ZAKHOR
Não! Não é possível
é inaceitável que ninguém se lembre
pior, é insuportável saber
que preferem ignorar
quando têm a opção da escolha.

MÃE
Já é tarde

as águas de Lethe limpam minha alma
o sangue corre renovado.

PASSAGEIRO
Não tem volta, o rio
corre apenas em uma direção.

ZAKHOR
Vocês aliviam a sede no conforto momentâneo, ao mesmo tempo
em que afogam toda possibilidade de sabedoria. Essa é a tragédia
mais grave que não percebem
porque preferem represar a dor
em seus laguinhos particulares.
Cometem tamanha violência
em favor da própria sevícia
que os assola dia após dia e continuará
a assolar. Condenam a si próprios
por indiferença e condenam a mim
e comigo a cultura preservada
desde tempos imemoriais
traída por um desejo mesquinho
embarcação atada ao presente efêmero
com um laço de ilusão.
Se precisamos elaborar o passado
é tanto pela memória dos mortos
quanto por amor aos vivos.

Vazio, o fundo das canecas surpreende.
Assim como o impulso derradeiro com que Zakhor se lança nas águas do rio.

LETHE

Você, Zakhor, que vive das histórias alheias
voltará à condição de entidade sem passado
lampejo de memória sem sentido.

**CINZAS**

Cinzas espalhadas por todo o lugar.
A vassoura é colocada num canto. A faxina jamais se encerra.
Mas antes que o fogo queime a si mesmo por completo, todos ainda serão convocados.
Cada qual tem um papel nesta história. Sem abstenções.

    ZELADOR
    Meninos, venham cá
    se juntem
    preciso falar com vocês
    um assunto muito sério
    então prestem atenção
    eu amo muito vocês
    e vocês sabem
    por isso eu peço
    eu preciso que vocês sejam fortes
    e se preparem
    estão me ouvindo?
    preparem-se porque já faz dias
    tempo demais
    eu não vou desistir de jeito nenhum
    não me entendam mal, por favor
    não vou parar jamais
    mas os dias se passam
    os meses, os anos, a eternidade
    fica cada vez mais difícil
    vejam bem, estão dizendo que é impossível
    já não dá mais
    nem eu consigo
    assim, eu preciso que vocês sejam fortes

para enfrentar a verdade
nós todos precisamos ser muito fortes
e precisamos ficar juntos
eu amo vocês mais que tudo
me disseram hoje
que apesar dos cartazes nos postes
das fotografias nas redes sociais
dos apelos e recompensas
não existe mais chance
a esperança se foi
ela
se foi
não encontraremos a mamãe
me desculpem
não queria ser eu a dizer
nunca imaginei uma situação destas
mas precisava ser assim
não há mais ninguém
então, vamos ficar juntos
e desejar o melhor para ela
do jeito como fizemos a vida inteira
tudo bem?
venham aqui comigo
sejamos um só corpo
mamãe não voltará para casa hoje
nem amanhã nem depois
mas ela nunca sairá do lado de vocês
estará sempre aqui dentro
do jeitinho como a gente se lembra dela
basta fechar os olhos.

O líquido remanescente na chaleira apaga o fogo.

No seu tempo, a escuridão toma o salão do museu.
Ouvimos Zakhor murmurar uma canção de ninar.

**AGRADECIMENTOS**

As primeiras versões destes textos foram gestadas durante minha passagem pelo Núcleo de Dramaturgia do SESI & British Council. Sou muito grato a Marici Salomão, César Baptista e meus colegas dramaturgos pelas contribuições.

Mais recentemente, os contos foram lidos por Alex Xavier, Juliana Livero Andrucioli e Vanessa Vascouto, cujos apontamentos me ajudaram a melhorá-los.

Agradeço também à Laranja Original pela acolhida, e em especial a Renata Py pelo cuidado com a edição.

©2024, Eduardo A. A. Almeida

Todos os direitos desta edição reservados à
Laranja Original Editora e Produtora Eireli.

www.laranjaoriginal.com.br

Edição **Renata Py**
Projeto gráfico **Arquivo [Hannah Uesugi e Pedro Botton]**
Foto de capa **Matt Power / Unsplash**
Foto do autor **Edi Rocha**
Produção executiva **Bruna Lima**

Dados Internacionais de Catalogação na Publicação (CIP)
(Câmara Brasileira do Livro, SP, Brasil)

Almeida, Eduardo A. A. [1984-]

    Museu de Arte Efêmera / Eduardo A. A. Almeida — 1. ed. — São Paulo, SP: Editora Laranja Original, 2024. — (Coleção Prosa de Cor; v. 15)

    ISBN 978-65-86042-96-2

    1. Romance brasileiro
    I. Título. II. Série.

24-196077                    CDD-B869.3

Índices para catálogo sistemático:
    1. Ficção: Literatura brasileira B869.3

Eliane de Freitas Leite — Bibliotecária — CRB 8/8415

COLEÇÃO **PROSA DE COR**

**Flores de beira de estrada**
Marcelo Soriano

**A passagem invisível**
Chico Lopes

**Sete relatos enredados na cidade do Recife**
José Alfredo Santos Abrão

**Aboio — Oito contos e uma novela**
João Meirelles Filho

**À flor da pele**
Krishnamurti Góes dos Anjos

**Liame**
Cláudio Furtado

**A ponte no nevoeiro**
Chico Lopes

**Terra dividida**
Eltânia André

**Café-teatro**
Ian Uviedo

**Insensatez**
Cláudio Furtado

**Diário dos mundos**
Letícia Soares & Eltânia André

**O acorde insensível de Deus**
Edmar Monteiro Filho

**Cães noturnos**
Ivan Nery Cardoso

**Encontrados**
Leonor Cione

**Museu de Arte Efêmera**
Eduardo A. A. Almeida

Fonte **Tiempos**
Papel **Pólen Bold 90 g/m²**
Impressão **PSi7 / Book7**
Tiragem **150**